Catherine Girard-Audet

Das total
verrückte
Leben der
Lea Olivier

Catherine Girard-Audet

Das total verrückte Leben der Lea Olivier

VERLOREN

Aus dem Französischen
von Lisa Rühl

Edition Chillma im 360 Grad Verlag
360 Grad Verlag GmbH
Eichenweg 21a
D-69198 Schriesheim
www.360grad-verlag.de

Die Originalausgabe »La Vie compliquée de Léa Olivier, tome 1 – *Perdue*« erschien 2012 bei Les Éditions Les Malins inc., Montreal, Kanada.
Text © Catherine Girard-Audet, 2012
Illustrationen und Umschlaggestaltung: Veronic Luy
Übersetzung aus dem Französischen: Lisa Rühl, Frankfurt a.M.
Satz: Ortrud Müller, Die Buchmacher – Atelier für Buchgestaltung, Köln
Druck: CPI books GmbH, Leck
Alle Rechte vorbehalten.
ISBN 978-3-96185-764-7

Für meinen geliebten Papa, der mich nach Montreal
geführt, mir die wahre Bedeutung von Menschlichkeit
vermittelt und mir beigebracht hat, dass wir absolut
verrückt wären, unsere Träume *nicht* wahr zu machen …

C. G.-A.

Inhaltsverzeichnis

Willkommen in der turbulenten Welt der Lea Olivier.

Wie ihr schnell feststellen werdet, spielt die Geschichte in Kanada, genauer gesagt in Quebec, und ihr werdet auf einige unbekannte Begriffe und Besonderheiten stoßen. Diese Stellen sind mit einem [L] gekennzeichnet und werden am Ende des Buches erklärt – so wisst ihr direkt Bescheid und könnt wieder ganz in Leas Universum eintauchen!

Kapitel 1

Go, Lea, go!

MANUS BLOG

Füge einen Titel hinzu: Mein Leben ist scheiße

Beschreibe dein Problem: Hallo Manu! Das ist das erste Mal, dass ich an deinen Blog schreibe. Normalerweise erzähle ich meiner besten Freundin Marilou meine Probleme, aber hierbei kann sie mir nicht wirklich helfen, und ich bin echt verzweifelt! Vor vier Monaten haben meine Eltern mir und meinem großen Bruder Felix verkündet, dass wir unser kleines Dorf verlassen und nach Montreal umziehen müssen, weil mein Papa einen »Traumjob« ergattert hat. Ich habe versucht, sie zum Bleiben zu überreden, und sogar vorgeschlagen, dass ich alleine hierbleiben könnte, aber ich habe es nicht geschafft, ihre Meinung zu ändern. Ich breche in wenigen Stunden auf und bin total am Durchdrehen! Ich habe einen Freund hier und ich liebe ihn sehr, aber ich habe Angst, dass er mich vergisst, wenn ich gehe. Genauso habe ich Angst, dass Marilou mich einfach durch ein anderes Mädchen ersetzt und dass ich ganz allein sein werde – für den Rest meines Lebens. Ich bin eher der schüchterne Typ und ziehe mich in meine eigene Welt zurück, also habe ich Angst, dass ich in meiner neuen Schule die totale Loserin sein werde und alles dann damit endet, dass ich in einer Ecke sitze und alle mit dem Finger auf mich zeigen und mich auslachen, und zwar für den Rest der *Schulzeit.* HILF MIR!!!
Lea

Manu beantwortet jede Woche zwei Fragen.
Vielleicht ist ja beim nächsten Mal deine dabei …

An: Marilou33@mail.com
Von: Lea_love@mail.com
Datum: Dienstag, 11. August, 18:17
Betreff: Mein Leben ist vorbei!

Hallo Lou!

Ich hätte nicht gedacht, dass ich dir irgendwann einmal eine E-Mail schreiben müsste, um dir von dem ganzen Mist erzählen zu können, der passiert ist, seit ich hier angekommen bin. Nachdem meine »supertollen« Eltern mir gesagt haben, dass wir umziehen, sind die Tage so schnell rumgegangen, dass es mir so vorkommt, als ob ich irgendwie keine Zeit für irgendwas hätte. Ich hab mich gar nicht richtig von dir verabschiedet heute Morgen, ganz zu schweigen von Thomas, den ich noch nicht mal umarmen konnte vor der Abfahrt. Ich weiß ja, dass er einen auf stark macht, damit er nicht zeigen muss, wie er sich fühlt, aber ich bin sicher (na ja, ich hoffe), dass es ihm genauso wehtut wie mir. :'(

Wir sind gerade erst dabei, uns im neuen Haus einzurichten. Zum Glück hat mein Vater dran gedacht, sich ums Internet zu kümmern, und meine Eltern haben sich meine Kooperation mit einem Laptop erkauft, sonst wäre das hier mein Tod! Es ist aber ein schönes großes Haus, gar nicht so übel, und gegenüber ist ein Park. Sonst hab ich keine Ahnung, wo hier was ist. Die Stadt ist groß und die Leute sind superkühl und ich hab null Orientierung hier. Ich hab keine Freunde (wenn ich das meiner Mutter erzähle, dann versucht sie mir weiszumachen, dass Felix mein BF sei! Mein großer Bruder! Ernsthaft, sie spinnt!), ich erkenne hier keine Straße wieder und hab keine Ahnung, wo es zur neuen Schule geht. Hab ich schon erwähnt, dass mein Leben scheiße ist? Ich vermiss euch alle so!!!

Bitte schreib mir ASAP, was bei uns so los ist (du bist gerade meine größte Quelle der Unterhaltung).

I ♥ U!!!!! Lea XOX

An: Thomasrapa@mail.com
Von: Lea_love@mail.com
Datum: Dienstag, 11. August, 18:21
Betreff: Du fehlst mir :'(

Huhu,

ich wollte dir nur kurz schreiben, um dir zu sagen, dass wir gut angekommen sind und schon Internet haben, wir können also reden und uns heute Abend am PC sogar sehen. :D! Du fehlst mir so sehr … Die ersten 40 Minuten der Fahrt hab ich so sehr geweint, dass sogar meine Eltern nicht mehr wussten, wie sie mich aufmuntern können. Ich weiß, dass ich heute Morgen superschnell weg bin, und das tut mir leid, weil ich das Gefühl habe, dass ich nicht genug Zeit hatte, um dir zu sagen, wie wichtig du mir bist und dass ich dich niemals verlieren will. Ich weiß, dass das schwer wird, aber ich bin sicher, dass wir trotz der Entfernung zusammenbleiben können. Ich erzähle mir ständig selbst, dass es nur 400 km sind, die uns trennen, und dass wir schon einen Weg finden werden, um uns so oft wie möglich zu sehen. Ich zähle schon die Tage bis zu meinem Besuch an Thanksgiving[1]. 62! Die gehen ganz schnell rum und wir werden jeden Tag kontakten! So, ich muss weg, meine Mutter will, dass ich ihr dabei helfe, die Kartons auszupacken. Bis heute Abend!

Lea XXXXXXXXXXXXXX

An: Lea_love@mail.com
Von: Marilou33@mail.com
Datum: Dienstag, 11. August, 19:04
Betreff: Re: Mein Leben ist vorbei!

LEA!!!

OMG, wo bist du da nur hingeraten? Mir geht´s genauso, ich kann noch immer nicht glauben, dass du weg bist … Was soll ich nur ohne dich machen? Ich weiß, dass das alles hart für dich ist, in Montreal ankommen, in der großen Stadt, ohne Plan, aber manchmal bin ich echt neidisch auf dich, weil du mal was Neues machen kannst. Ich bin echt so gelangweilt von unserem Kaff, und ich sehe immer nur die gleichen langweiligen Leute! Ich werde dich auch vermissen und dir einfach so oft schreiben, dass du es gar nicht mehr aushältst! LOL! So, ich muss los: Das Abendessen ist fertig und ich glaub, dass meine Mutter mich killen wird, wenn ich nicht in den nächsten 10 Sekunden am Tisch sitze …

Wir reden später!

Lou XX

An: Lea_love@mail.com
Von: Thomasrapa@mail.com
Datum: Mittwoch, 12. August, 10:21
Betreff: Ich hoffe, dir geht's besser ;)

Hallo,

ich hoffe, dir geht's besser als gestern Abend. Ich ertrage es nicht, wenn du weinst, weil ich dann immer denke, dass ich daran schuld bin. Ich weiß, dass das für dich schwer sein muss, aber du musst stark sein, okay? Ich glaube auch, dass wir es schaffen, zusammenzubleiben. Die Zeit wird superschnell rumgehen, und sobald die Schule anfängt, wirst du neue Freunde kennenlernen und alles wird besser. Du musst dir nur ein wenig Zeit lassen. Genieß ein wenig die Stadt! Bestimmt gibt es total viel anzuschauen! Meld mich später bei dir, okay?

Thomas X

PS: Ich liebe dich.

Mittwoch, 12. August

17:31

Lea (online): Lou! Bist du da?

17:31

Marilou (online): Ja! Ich gehe gleich mit meinem kleinen Bruder in den Park (meine Mutter zwingt mich dazu, ihn überallhin mitzuschleppen).

17:33

Lea (online): Ich raste aus! Ich bin heute Morgen aufgewacht und ich wusste nicht mehr, wo ich bin! Für ein paar Sekunden hab ich sogar gedacht, dass ich über Nacht von Zombies entführt worden bin, oder dass der Tag gestern nur ein Alptraum gewesen ist.

17:34

Marilou (online): Du Arme … :(! Und dann hast du realisiert, dass du echt nach Montreal umgezogen bist, ganz weit weg von deiner BFF!

17:34

Lea (online): Genau! Und das hat mich echt fertig gemacht. Ich hab die Kartons hingeschmissen und erstmal die Nachbarschaft gecheckt.

17:35

Marilou (online): Und? Wie ist es? Hübsche Nachbarn dabei?

17:38

Lea (online): Ich hab nur alte Leute gesehen! Hier ist es ziemlich vornehm, aber nach ein paar Minuten zu Fuß hab ich eine Straße mit vielen Cafés und Läden entdeckt. Ich hab Jugendliche beobachtet, die um einen Tisch saßen und zusammen gelacht haben. Das hat mir den Rest gegeben, also hab ich beschlossen, wieder nach Hause zu gehen. Gerade gab es Abendessen und ich hab noch immer einen Kloß im Hals. :(

17:39

Marilou (online): Ich versteh dich total! Ich hab jedes Mal Tränen in den Augen, wenn ich dran denke, dass du nicht mehr nur zwei Straßen von mir weg wohnst ... Warum muss dein Vater auch so weit weg von mir eine Arbeit finden?

17:40

Lea (online): Ich weiß nicht, aber was das angeht, hasse ich meine Eltern total dafür, dass sie mich gezwungen haben, hierher zu kommen und mich von dir und Thomas zu trennen.

17:40

Marilou (online): Und Felix? Fällt es ihm auch so schwer? Ihr zwei könnt euch ja vlt. gegenseitig helfen?

17:43

Lea (online): Im Gegenteil! Felix ist wohl echt happy, dass er sein letztes Schuljahr in der großen Stadt anfangen kann. »Du wirst sehen, das wird ein großer Spaß!« Wo ist er denn, der Spaß? Es ist doch klar, dass man in der Sec 3 nur schwer neue Freunde findet! Und ich bin nicht so social wie er! Ich war nie die Superbeliebte in der Schule, die alle anhimmeln! AAAHH! Sorry, dass ich dich zumülle, aber das musste raus.

17:45

Marilou (online): Ich bin doch für dich da, Lea.
Ich weiß, das sagt sich so leicht, aber ich bin
mir sicher, dass sich das mit der Zeit gibt.
Bis es so weit ist, komm mal auf andere Gedanken!
Schau *Gossip Girl.* Das wirkt. ;)

17:47

Lea (online): Du hast recht.
Das ist auf jeden Fall besser,
als mich selbst zu bemitleiden.
Viel Spaß beim Spazierengehen!
Versuch, deinen Bruder nicht zu killen!
LOL! Bis später!

17:47

Marilou (online):
Ich werds versuchen. ;)
Bis dann! XX

An: Marilou33@mail.com
Von: Lea_love@mail.com
Datum: Sonntag, 16. August, 14:10
Betreff: Ich bin ein Gemüse

....

Ich warne dich, ich bin nicht mehr das Mädchen, das du kennst. Ich bin ein Gemüse geworden, das den ganzen Tag vor der Glotze dahinvegetiert (mein Wohlwollen war meinen Eltern auch noch Kabel-TV wert). Gestern Abend waren wir in der Altstadt in einem Restaurant essen, damit ich bewundern kann, »was die Stadt alles zu bieten hat«. Ich muss leider zugeben, dass es echt schön war, aber mein Abend war echt gelaufen, als ich direkt in Pferdescheiße getreten bin. Hab ich schon erwähnt, dass ich Flipflops anhatte? Diese Woche nehm ich mein Leben wieder in die Hand und werde zum ersten Mal mit der Metro[1] in die City fahren ... Du kennst ja meinen Superorientierungssinn! Aber das ist eine andere Geschichte ...

Und du? Was gibt's Neues? Gehst du immer noch in der letzten Augustwoche campen? Kannst du deinen Rechner mitnehmen und dir irgendwo WiFi besorgen? ;) Ich werd versuchen, die 7 Tage ohne dich zu überleben. Ich hoffe, dass Thomas bereit ist, sich meine Geschichten anzuhören. Hast du ihn diese Woche gesehen? Ich vermisse ihn sehr und über Telefon oder E-Mail und Skype ist es echt schwer einzuschätzen, wie es ihm geht und ob er mich noch liebt. Okay, ich fang schon wieder mit dem Selbstmitleid an. Ich geh zurück auf die Couch, bevor du mich virtuell ohrfeigst! LOL! Schreib schnell zurück!

Lea XOX

PS: Ich hab mit *Gossip Girl* angefangen, es ist W-a-h-n-s-
i-n-n!

PPS: Ich hab auf dich gehört und mich entschieden, an
Manus Blog zu schreiben, um mich jemandem anzuvertrauen. Er hat noch nicht geantwortet, aber es ist cool, seine
Ratschläge an andere Mädchen zu lesen. Im direkten Vergleich sind meine Probleme vielleicht gar nicht mehr sooo
schlimm. ;)

An: Lea_love@mail.com
Von: Marilou33@mail.com
Datum: Montag, 17. August, 10:30
Betreff: Runter von der Couch!

Okay, ich glaube, du brauchst echt einen A****tritt: runter
von der Couch!! Ich weiß, dass du noch niemanden kennst
und die Tage lang sind, aber du bist in einer Großstadt und
ich bin mir sicher, dass du tausend Sachen findest, die du
machen kannst! Wenn es gar nicht anders geht: Warum
fragst du nicht Felix, ob er mit dir abhängt? Dafür sind coole große Brüder da, oder? Was die Pferdekacke angeht … da
muss ich zugeben, dass ich ein *bisschen* Mitleid mit dir hab.
Kopfkino! LOL!
Gestern bin ich Thomas über den Weg gelaufen. Er war

mit seiner blöden kleinen Gang im Park unterwegs. Du weißt ja, dass ich kein Megafan seiner Freunde bin (und übrigens auch nicht von ihm), aber es ist ja nicht so, als ob meine Meinung wirklich objektiv wäre. ;) Immerhin hat Thomas mich gegrüßt. Ein wahres Wunder! Ich glaube trotzdem, dass ich ein Fünkchen Emotion in seinen Augen gesehen habe. Bestimmt musste er wegen mir an dich denken. Du weißt ja, dass er vor seinen Freunden nicht wagen würde, zu weinen oder seine Gefühle zu zeigen. Das ist es, was dich von Anfang an angezogen hat, oder? Die unnahbare Art, der distanzierte Blick … Aber du kennst ihn besser als ich, also verlass dich auf deinen Instinkt und denke an schöne Momente, die ihr in den letzten sechs Monaten zusammen hattet. Er wird dich nicht innerhalb einer Woche vergessen, so viel ist sicher!

Ja, ich fahre am Sonntag für eine Woche … bäh! Ich hasse Moskitos und Camping, das weißt du genau! Aber es ist Tradition und wie mein Vater so schön sagt: »Das wird deiner Mutter sicher gefallen.« *Seufz* So, ich muss weg, ich hab um 11 meinen Schwimmkurs. Nur noch eine Sache: Hör auf deine beste Freundin und RUNTER VON DER COUCH, BEVOR SIE DICH KOMPLETT VERSCHLUCKT!!

Lou X

An: Thomasrapa@mail.com
Von: Lea_love@mail.com
Datum: Donnerstag, 20. August, 19:20
Betreff: Wo bist du?

Hallo,

der Tag war die absolute Katastrophe. Ich muss dir das unbedingt erzählen und ich kann nicht bei dir sein ... Ruf mich an!

An: Marilou33@mail.com
Von: Lea_love@mail.com
Datum: Donnerstag, 20. August, 19:23
Betreff: OMG!

Mein liebste beste Freundin,

ich hab deinen Rat befolgt, ich bin runter von der Couch und hab beschlossen, mich per Metro der Großstadt zu stellen. Ergebnis: der Horror! Am Anfang lief alles gut: Ich hielt mich genau an den Plan in meinen Händen und befolgte die Hinweise echt Wort für Wort. Aber sobald ich im Zentrum war, habe ich die Kontrolle verloren! Weil es angefangen hatte zu regnen, dachte ich, ich nutze das aus und erforsche die Untergrundstadt[1] (die größer ist als unser ganzes Dorf). Ich bin in einen Laden rein, dann in einen anderen und nach einer Weile hab ich dann realisiert, dass ich mich verlaufen habe. Ich habe Leute gefragt, ob sie mir helfen können, aber viele sprachen nur Englisch oder waren Touristen, und du kennst ja mein unglaubliches Sprachtalent (ähm, ähm, *yes, no, toaster*). Ich hab es dann irgendwann geschafft, zur Keine-Ahnung-wie-sie-heißt-Metro-Station zu finden, die mich dann wohin auch immer gebracht hat. Dann musste ich umsteigen, hab mich in der Linie geirrt und endete schließlich am Südufer! Unfassbar! Ich war nicht mal mehr auf der Insel! Dort gelandet, war ich dann wirklich kurz davor, endgültig zu verzweifeln, also bin ich deinem zweiten Rat gefolgt: Ich hab Felix angerufen, damit der mich aufgabelt. Übrigens war das der Punkt, an dem mir dann klar geworden ist, dass coole große Brüder auch dafür da sind, ihre verwirrte und *uncoole* kleine Schwester auszulachen, nur falls es dich interessiert. Vor zwei Stunden bin ich nach Hause gekommen und hab mich seitdem in meinem Zimmer verbarrikadiert.

Außerdem ist Thomas offenbar auf der Flucht, es ist schon zwei Tage her, seit wir miteinander gesprochen haben, und ich fühle mich echt vernachlässigt. Fazit: Ich bin vor die Glotze zurückgekehrt, das ist einfach sicherer für meine physische und geistige Gesundheit! Hoffentlich konnte ich wenigstens dich ein wenig mit meinem Unglück unterhalten!

Lea XX

An: Lea_love@mail.com
Von: Thomasrapa@mail.com
Datum: Freitag, 21. August, 9:21
Betreff: Keine Panik!

....

Ich weiß, dass du enttäuscht bist. Ich habe es gestern Abend in deiner Stimme gespürt. Ich habe auch gespürt, dass du traurig warst. Ich verstehe das alles, Lea, aber es ist nicht einfach, eine Beziehung über Mails oder Skype zu führen! Und du musst verstehen, dass auch mein Leben hier weiterläuft. Du bist weggegangen, aber ich, ich bleibe hier, und ich kann nicht aufhören zu leben, weil du jetzt in Montreal wohnst. Das soll nicht heißen, dass ich dich nicht vermisse, oder dass ich nicht will, dass du zu Thanksgiving kommst, oder dass ich dich nicht mehr liebe. Du weißt, dass ich nicht so gut mit Worten bin, und manchmal, da weiß ich einfach nicht, wie ich mit dir reden soll, weil ich Angst habe, dass du anfängst zu weinen oder mies reagierst.

Du weißt, dass ich kein Handy habe, und angesichts der Arbeit, meinen Freunden und der Tatsache, dass ich versuche, meiner Mutter so gut wie möglich aus dem Weg zu gehen (sie ist gerade überall), ist es gerade nicht immer leicht, mich zu erreichen. Du musst einfach mehr Geduld haben. Die Schule wird in weniger als zwei Wochen wieder anfangen, und ich werde einen Zeitplan haben, der etwas regelmäßiger ist. Was die Schule angeht, muss ich nächste Woche zum Direktor, weil es so aussieht, als ob mein Mathe-Sommerkurs nicht allzu gut war und ich Nachhilfe nehmen muss, um nicht durchzufallen. Ich hasse Mathe, ich hasse die Schule, und ich hasse Nachhilfe!

Du hast mir am Telefon nicht mal von deinem »Katastrophentag« erzählt, aber ich hoffe, dass es dir besser geht. Auf jeden Fall muss ich jetzt weg, aber wir können später drüber sprechen. :)

Thomas

An: Marilou33@mail.com
Von: Lea_love@mail.com
Datum: Samstag, 22. August, 10:10
Betreff: Geh nicht!!

Ich flehe dich an, lass mich nicht für eine ganze Woche alleine!! Ach was, nur Spaß. Ich weiß, dass du dorthin musst, und auch wenn Familiencamping nicht so wirklich verlockend ist, bin ich mir sicher, dass es nicht so schlimm wird, wie du denkst! Versuch einfach, tief durchzuatmen, wenn dein Bruder dich zu sehr nervt!

Es hat gestern echt gut getan, mit dir zu reden. Nach der Nachricht von Thomas wusste ich nicht mehr, was ich denken soll. Ich verstehe, dass er beschäftigt ist, aber er könnte sich schon ein bisschen mehr mit *mir* beschäftigen und sich dafür interessieren, was bei mir los ist. Aber unser Gespräch hat mich nachdenklich gemacht, und ich denke, du hast recht.

Als ich auf Sebastians Party das erst Mal mit Thomas geredet habe, war es seine düstere und rebellische Art, die mich angezogen hat. Ich fand ihn sehr geheimnisvoll mit seinen schwarzen Augen. Er hat nicht viel gesprochen und es fiel mir schwer, in seinem Gesicht zu lesen, aber das ist es, was mich an ihm faszinierte. Ich hatte nicht den Eindruck, dass ich ihm besonders gefalle, deshalb war ich echt überrascht, als er mich am nächsten Tag angerufen hat. Es ist schräg, aber ich habe mich trotz seines kühlen Panzers zu ihm hingezogen gefühlt und mich total von meinen Gefühlen mitreißen lassen. Mit ihm konnte ich stundenlang Musik hören oder ihm in die Augen sehen, ohne dass es langweilig wurde. Ich weiß, dass du der Meinung bist, er hätte einen Stock verschluckt und dass ich mit ihm nicht ich selbst bin, aber ich denke, dass du da falsch liegst. Ich weiß auch, dass du denkst, wir wären ziemlich unterschiedlich (wir wissen beide, dass in mir kein »Rebell« steckt und ich vielleicht mehr *drama queen* bin als er), aber ich denke, dass wir uns ergänzen.

Ich habe Angst, dass das Problem darin liegt, dass uns diese Unterschiede auseinanderbringen werden, wenn wir getrennt voneinander sind. Er ist unabhängig, also findet er mich zu anhänglich. Er ist ruhig, also findet er mich zu hysterisch. Er ist älter als ich, also findet er mich zu kindisch. Er ist selbstbewusst, also findet er mich superunsicher. Kurz gesagt, du hast mich echt beruhigt und ich habe beschlossen, ihn anzurufen und mich dafür zu entschuldigen, dass ich wie eine Verrückte reagiert hab, und danach war es besser.

Ich verspreche dir, dass ich diese Woche aktiver sein werde! Ich werde mit der Metro bis zu meiner neuen Schule fahren, damit ich mich schon vor dem ersten Tag halbwegs zurechtfinde (und nicht völlig *lost* bin, wie beim letzten Mal), und meine Mutter hat versprochen, mit mir shoppen zu gehen (mit dem Auto)! Vielleicht klingt das blöd, aber ich will nicht aussehen wie die schräge Neue, die gerade frisch vom Bauernhof angekommen ist. Es ist so schon hart genug, auch ohne mich als Fashion-Loserin ausgegrenzt zu fühlen!

Schreib mir, wenn du kannst! Du wirst mir fehlen!

Lea XOX

An: Thomasrapa@mail.com
Von: Lea_love@mail.com
Datum: Dienstag, 25. August, 20:17
Betreff: Lea und Montreal

Es sind gerade zwei Tage vergangen, seitdem ich deine Stimme gehört habe, aber es fühlt sich an wie drei Monate … :(Immerhin war ich aktiver in den letzten Tagen und ich bin nicht mehr so verwirrt, wenn ich morgens aufwache. Gestern Nachmittag bin ich zusammen mit Felix mit der Metro zur neuen Schule gefahren. Sie ist kleiner, als ich dachte, aber sehr schön. Es ist eines dieser uralten Gebäude, das nach Büchern und alten Möbeln riecht! Wir sind ein bisschen um die Schule herumgelaufen, und ich hatte ausnahmsweise mal das Gefühl, dass wir miteinander reden konnten, ohne dass er mich wie ein Baby behandelt.

Felix: Wie findest du es bis jetzt?

Ich: Ein bisschen angsteinflößend. Ich fürchte, ich werde mich niemals dran gewöhnen, keine Freunde zu finden und Thomas zu verlieren.

Felix: Ach was, das wird gar nicht so schlimm. Ich weiß, dass du ihn liebst, deinen Thomas, aber Liebe auf Distanz, das klappt nie.

Ich: Du sagst das nur, weil du nie verliebt gewesen bist.

Felix: Vielleicht ...

Ich: Macht es dir keine Angst, in einer neuen Stadt anzukommen und bei null anfangen zu müssen?

Felix: Aber klar macht mir das Angst: Alles ist neu! Aber ich hatte es satt, in unserem Kaff zu wohnen, und ich habe immer davon geträumt, in der Stadt zu leben. Außerdem sind die Mädchen hier echt *hot*!

Ich hab mich echt kaputtgelacht. Sowas kann nur von meinem Bruder kommen! Ich versteh ja seine Sichtweise, aber es macht mich fertig, jeden davon überzeugen zu müssen, dass eine Fernbeziehung wirklich möglich sei. Andererseits ist es mir egal, was andere von mir denken, weil ich weiß, dass ich dich liebe und dass es funktionieren wird. Geht's dir auch so? Es wäre bestimmt einfacher, wenn wir älter wären. Ich könnte bei dir bleiben, mit dir zusammenziehen, oder ich könnte mir ein Auto kaufen und dich jedes Wochenende besuchen kommen. Wenn ich daran denke, dass ich in nur fünf Autostunden bei dir sein könnte ... :) Fünf Stunden sind gar nichts! Das ist genauso lange wie der (lahme) Film mit den Drachen und Schlachten, den ich mit dir ansehen musste und der einfach nicht enden wollte.

(Wie du siehst, hat er mich so sehr begeistert, dass ich mich noch nicht mal an den Titel erinnern kann!) Ich bin irgendwie supernostalgisch heute Abend. Ich kann gar nicht aufhören, an unsere gemeinsamen Momente zu denken und traurige Musik zu hören. :(Ich weiß, dass du das lächerlich findest, aber ich kann nicht anders.

Ich denk an dich und hoffe, dass wir morgen miteinander sprechen können. Ich vermisse es, deine Stimme zu hören!

Lea XOX

An: Lea_love@mail.com
Von: Thomasrapa@mail.com
Datum: Samstag, 29. August, 10:01
Betreff: Schule

Hallo!

Ich war gestern Nachmittag beim Direktor. Er hat mir klar gemacht, dass ich Mathenachhilfe nehmen muss. Rate mal, wen er ausgesucht hat, mir dabei zu helfen, den Kurs zu bestehen. Deine »beste Freundin« Sarah Bernard. Weil ich weiß, dass du sie nicht riechen kannst, wollte ich dir das gleich erzählen, um zu vermeiden, dass du es zufällig von jemand anderem mitbekommst. Mach dir keine Sorgen: Sie ist absolut nicht mein Typ. Und hör auf damit, dir einzureden, dass ich dich nicht vermisse! Du weißt ja, ich kann nur schwer über meine Gefühle sprechen. Du musst mir einfach vertrauen. In zwei Tagen fängt die Schule an. Ich kann noch immer nicht glauben, wie schnell der Sommer vorbei war. Immerhin konnten wir einige schöne gemeinsame Momente verbringen.

Richard hat mir angeboten, dass ich weiter halbtags in seiner Garage arbeiten kann, und ich hab zugesagt. Ich weiß, dass du denkst, ich hätte etwas Besseres verdient als Motoren zu entfetten, aber ich mach das wirklich gerne, Lea. So kann ich Erfahrung sammeln, und wenn ich mit der Schule fertig bin, könnte ich bei einem richtigen Mechaniker arbeiten. Und außerdem kann ich dadurch Geld zur Seite legen. Es ist nämlich nicht so wie du denkst, dass ich alles für Gras oder Motormagazine rauswerfe! Wenn ich endlich meinen Führerschein bestanden habe und mir ein Auto kaufen kann, werde ich häufiger bei dir sein können. :-)

Ich umarme dich ganz fest,

Thomas X

An: Marilou33@mail.com
Von: Lea_love@mail.com
Datum: Samstag, 29. August, 18:22
Betreff: Lampenfieber

....

Hallo Lou,

ich weiß, dass du erst morgen wieder zurückkommst, aber ich muss dir trotzdem von den letzten Tagen berichten.

Ich fang mal mit den guten Nachrichten an: Ich war zusammen mit meiner Mutter downtown shoppen. Sie kennt die Stadt ziemlich gut, also bin ich diesmal nicht verloren gegangen. Zusammen mit ihr war es wirklich cooler. Auch wenn sie genau weiß, wie sie mich so richtig nerven kann, bin ich froh, dass sie sich die Zeit für mich genommen hat. Du würdest hier echt ausrasten, Lou, es gibt ALLE unsere Lieblingsläden! Viel mehr als in Quebec, als wir mit deinen Eltern dort waren. Am Anfang hatte ich das Gefühl, dass meine Mutter wegen der langen Warteschlangen die Geduld verliert, vor allem als ich 45 Teile auf einmal anprobiert hab, aber ich hab sie überredet, auch ein paar Klamotten anzuziehen, und ab da hatten wir echt Spaß. Sie hat mir eine neue Jeans und einige Pullover für die Schule gekauft. Man könnte fast meinen, dass sie sich schlecht fühlt, mich entwurzelt zu haben. Nach dem Shoppen waren wir in Chinatown essen (lecker!), und sie hat angefangen, mit mir über den Umzug zu sprechen.

»Weißt du, Lea, ich verstehe, dass das nicht einfach für dich ist. Dein Großvater war Schuldirektor in allen Ecken der Provinz, und als ich jung war, mussten wir alle drei oder vier Jahre umziehen. Jedes Mal, wenn ich von einem Ort weggegangen bin, war es schwierig, meine Freunde und Liebschaften zurückzulassen. Ich habe mir fest vorgenommen, meine Kinder das nicht erleben zu lassen, aber dein Vater hat ein Jobangebot bekommen, das er nicht ablehnen konnte. Und ich denke auch, dass wir eine neue Herausforderung brauchen. Ich weiß, du denkst, dass es niemals mehr so sein wird wie zuvor, aber ich bin sicher, dass du neue Freunde finden wirst und es dir hier letztlich sehr gefallen wird.«

Ich hab gespürt, wie ich einen Kloß im Hals bekam. Es war wie eine Mischung aus Schmerz und Aufregung. Es ist schwer zu erklären, aber meine Mutter hat recht. Es fällt mir wirklich superschwer, alles zurückzulassen und neu anzufangen, aber gleichzeitig ist es irgendwie cool, in einer Stadt zu sein, wo niemand mich kennt und bewertet (zumindest jetzt noch nicht). Ich hoffe nur, dass sie recht hat und es mir hier irgendwann gefallen wird.

Nun zu den schlechten Nachrichten. Erstens, es ist nur noch ein Ferientag übrig. Übermorgen fängt die Schule an! Ich bin echt nervös. Ich hab Angst, weil ich weiß, dass ich dort hinkomme und ganz allein sein werde. Am Vormittag haben wir ein Treffen mit dem Direktor und unseren neuen Lehrern, die uns die Codes für die Computer und die Schließfächer geben sollen. Ich bin aufgeregt und nicht aufgeregt zugleich: Aufgeregt, weil ich es leid bin, nichts zu tun und einfach nur zu warten, und nicht aufgeregt, weil ich schon weiß, dass ich die Loserin sein werde.

Zweite schlechte Nachricht: Thomas hat mir geschrieben und ich muss zugeben, ich verliere ein wenig den Mut. Zuerst hat er mir verkündet, dass Sarah Bernard seine Mathenachhilfelehrerin sein wird. SARAH BERNARD! Hast du eine Ahnung, wie sehr ich dieses Mädchen hasse? Miss Perfect, die schon seit dem Anfang der Sec nach meinem Freund schielt, und die supereifersüchtig ist, seitdem ich mit ihm zusammen bin! Sarah, die Schönste, die nie einen Pickel hat und die ihre großen Bambi-Augen (und ihre Brüste, wenn wir mal ehrlich sind) dazu benutzt, die Typen auf sich aufmerksam zu machen. Das Schlimmste ist aber, dass er es wagt, mir zu sagen, dass ich nichts zu befürchten hätte. Du weißt genau, dass sie versuchen wird, meine Abwesenheit auszunutzen, um ihn sich zu schnappen. Lou, du musst mir helfen! Versprich mir, dass du sie im Auge behältst und mir sagst, wenn du irgendwas Verdächtiges bemerkst! Dafür verspreche ich dir eine Überraschung für deinen Kleiderschrank, wenn ich im Oktober komme! Ach so, dann hat er mir noch erzählt, dass er weiter in der Garage seines Onkels arbeiten wird, um Geld beiseite zu legen. Als ob es nicht schon schwierig genug wäre, bei seinem aktuellen Stundenplan Zeit zum Reden zu finden! Dazu kommt jetzt noch Sarah, die B****, und sein Garagen-Onkel, und mit ein wenig Glück sprechen wir dann an Weihnachten wieder miteinander. AHHHHH!

Ich kann's kaum erwarten, deine Campinggeschichten zu hören!

Lea XOX

Samstag, 29. August

18:34

Felix (online): Hör auf, Liebeslieder an deinen Kerl zu schreiben und komm zum Essen. Mama ruft uns seit 5 min!

18:34

Lea (online): Wovon redest du? Ich schreib keine Liebeslieder. Ich hab Marilou gemailt.

18:35

Felix (online): Ah! O.K. Statt jeden Abend miteinander zu telefonieren, mailt ihr euch ab jetzt also ständig. Ihr seid echt »Mädchen«! Was habt ihr euch denn Interessantes zu sagen?

18:35

Lea (online): Das geht dich nichts an.

18:35

Felix (online): »Oh, Marilou, ich liebe Thomas wirklich toootal. Er ist sooo schön! Oh ... !«

18:35

Lea (online): Echt nicht! Ich rede nicht so! Wenn es dich wirklich interessiert, ich vertreibe mir die Zeit damit, mich über dich zu beschweren und hinter deinem Rücken über dich zu lästern! ;)

18:36

Felix (online): Ist doch klar, dass du über mich redest. Ich bin so hübsch! LOL! Beweg dich, bevor Mama einen Anfall kriegt.

18:36

Lea (online): Ich komm schon. PS: Du bist echt faul, wenn du mir hier textest, statt deinen A**** zu bewegen. ;)

18:36

Felix (online): Das macht meinen Charme aus. ;)

An: Lea_love@mail.com
Von: Marilou33@mail.com
Datum: Sonntag, 30. August, 19:30
Betreff: Was uns nicht umbringt ...

Hallo Lea,

ich glaube, mein Betreff beschreibt meine Woche des Leidens ziemlich gut: Moskitos, anstrengender kleiner Bruder, streitende Eltern, 3 Tage Regen, nasser Schlafsack, Überdosis Dosenthunfisch etc. Ernsthaft, ich hab fast vor Freude geheult, als wir heute Nachmittag angekommen sind. Alle meine Klamotten stinken nach Lagerfeuer und mein Körper ist übersät mit riesigen ekelhaften Bissen! Ich werde morgen am ersten Schultag ganz besonders hübsch aussehen!

Kannst du dir vorstellen, wie neidisch ich auf deine Klamotten bin? Immerhin wirst du nicht wie ein einziger ekliger Pickel aussehen an deinem ersten Schultag! LOL! Der einzige Lichtblick meiner Woche war das Wiedersehen mit Cedric. Du hast mich das ganze Jahr damit vollgelabert, also hab ich es drauf ankommen lassen! Ich war so sauer auf mich selbst, dass ich letztes Jahr gefahren bin, ohne ihm zu sagen, was ich für ihn empfinde. Aber gut, er hatte eine Freundin, also wäre es eh egal gewesen. Ich hab ihn an unserem vierten Campingtag gesehen. Seine Mutter und er hatten ihren Wohnwagen am anderen Ende des Campingplatzes aufgestellt. Ich hätte es geschafft, ihm die ganze Woche nicht über den Weg zu laufen, wenn ich nicht beschlossen hätte, eine große Runde zu machen und ihn zu suchen. Ich hab ihn dann am Seeufer entdeckt, wo er gerade dabei war, ein Feuer zu machen. Ich hab tief durchgeatmet, all meinen Mut zusammengenommen und bin zu ihm hingegangen.

Er: Was gibt's Neues?

Ich: Nächste Woche fängt die Schule wieder an und meine beste Freundin ist gerade nach Montreal gezogen, also bin ich ein bisschen traurig. Du?

Er: Nichts Großartiges. Trifft sich gut, dass du vorbeigekommen bist, weil wir nämlich schon morgen früh wieder fahren.

Ich: Mist. Du bist der Einzige, den ich hier kenne. Sind deine Freunde vom letzten Jahr nicht gekommen?

Er: Doch, aber die meisten fahren auch schon morgen. Übrigens, wir machen heute Abend eine Party am Strand, falls du kommen magst.

Natürlich hab ich zugesagt! Am Anfang wollte meine Mutter absolut nicht, dass ich da hingehe, aber nachdem ich ihr versprochen hab, früh zurück zu sein und »nicht einen Tropfen Alkohol« anzurühren, bin ich los, um die anderen zu treffen. Sie hatten ein Feuer gemacht und einige tranken Bier, auch Cedric. Ich wollte nicht wie eine Zicke rüberkommen, also hab ich mir auch eins genommen, aber ich schwör dir, ich fand es echt ekelhaft. Nach ein paar Schlucken hat es sich in meinem Kopf ein bisschen gedreht, aber ich hab es Cedric nicht gesagt. Ich wollte nicht, dass er mich für ein Baby hält. Wir haben uns zusammen auf einen Baumstamm gesetzt und das Bier hat meine Zunge gelöst!

Ich: Hast du noch eine Freundin?
Er: Nein. (Yesss!)
Ich: Mist …

Ich hab das mit einem Lächeln gesagt, was ihn zum Lachen gebracht hat, weil er sehen konnte, wie sehr es mich freut. Danach hat er sich zu mir rübergebeugt und mich geküsst. Woohooo! Mein zweiter Zungenkuss! Ich bin nicht so erfahren wie du, aber es hätte schlimmer sein können! Ich glaube, wir haben bestimmt zwei Stunden lang rumgeknutscht, danach hatte ich nämlich ganz rote Lippen! Als ich auf meine Uhr geschaut hab, war es schon 11, also bin ich schnell los, bevor meine Mutter mich gekillt hätte. Er hat mir seine E-Mail-Adresse gegeben. Ich denke, ich werde ihm morgen schreiben (ich warte ein bisschen, damit ich nicht zu verzweifelt wirke). Ich schick dir meinen Entwurf der Mail und du sagst mir, was du davon hältst, okay? Dafür verspreche ich dir, deinen Typ und Sarah Bernard zu überwachen. (Aber ernsthaft, Lea, du hast nichts zu befürchten. Die ist echt hohl!)
Morgen fängt die Schule wieder an und ich muss meine Sachen zusammensuchen, aber ich schreib dir zurück, sobald ich zu Hause bin, und erzähl dir den Rest meiner Abenteuer. Viel Glück an deinem ersten Tag! Ich bin sicher, alles wird gut!
Go, Lea, go!

Lou

MANUS BLOG

Füge einen Titel hinzu: Ich hasse Automotoren!

Beschreibe dein Problem: Hallo Manu! Ich weiß nicht, ob du dich entscheidest, mein »Problem« zu veröffentlichen, und ich hoffe, dass ich dich nicht nerve mit meinen tausend Fragen. Vor ein paar Tagen hat mein Freund mir gesagt, dass er im Herbst weiterhin halbtags in der Garage seines Onkels arbeiten wird. Das Problem ist, dass er nicht gerade supermotiviert ist, was die Schule angeht, und ich Angst habe, dass er aussteigen wird und all seine Energie vergeudet, um Mechaniker zu werden. Ich schäme mich nicht für das, was er tut, aber manchmal hab ich den Eindruck, dass er seine Zeit lieber mit Automotoren verbringt als damit, mir zu schreiben. Ich weiß nicht, wie ich mit ihm darüber reden soll, weil ich nicht will, dass er es falsch versteht. Soll ich das für mich behalten oder ihm sagen, was ich denke?
Lea

Manu beantwortet jede Woche zwei Fragen.
Vielleicht ist ja beim nächsten Mal deine dabei …

Kapitel 2

Der große Neuanfang

An: Marilou33@mail.com
Von: Lea_love@mail.com
Datum: Montag, 31. August, 07:30
Betreff: Ich raste aus

....

Hallo Lou,

wow, deine Geschichte hat mich heute Morgen echt auf andere Gedanken gebracht! Ich bin wirklich stolz auf dich! Nachdem ich dich 12 Monate lang mit dem schönen Cedric zugetextet hab, hast du endlich beschlossen, deine Frau zu stehen (ha, ha!) und die Sache in die Hand zu nehmen. Du hast sogar ein Bier getrunken! Du!!! LOL! Ich freu mich, dass es geklappt hat und dass ihr euch geküsst habt (Juhu!), aber na ja, da ich dabei bin, Expertin für Fernbeziehungen zu werden, kann ich dir nicht empfehlen, eine anzufangen, außer du bist wirklich bereit für Frustrationen. LOL! Da Cedric nur 15 Minuten von dir entfernt wohnt, ist es wohl etwas weniger dramatisch!

Ich bin seit 6:30 wach! Ich bin echt nervös. Ich trage meine neue Jeans (obwohl es heiß ist und sie bestimmt den ganzen Tag an mir kleben wird) und meinen grün-weiß gestreiften Glücksbringerpulli, den ich an dem Abend anhatte, an dem ich Thomas kennengelernt habe. Ich hab meine Haare hochgesteckt, weil meine Mutter mir gesagt hat, dass ich so »weniger streng« aussehen würde. Ich weiß nicht, ob es eine gute Idee ist, auf sie zu hören, aber da sie im Moment meine einzige »Freundin« ist, ist ihr Rat besser als gar keiner. Da es unser erster Tag ist, hat mein Vater angeboten, Felix und mich zu fahren, damit wir nicht zu spät kommen. Ich erzähl dir dann, wie es war, wenn ich nach Hause komme!

Hab einen guten ersten Tag!

Lea XX

An: Lea_love@mail.com
Von: Marilou33@mail.com
Datum: Montag, 31. August, 12:30
Betreff: Ich mag keine ersten Schultage
1 Anhang: E-Mail Cedric

....

Huhu!

Ich schreib dir kurz aus dem PC-Raum. Ich habe Cedric hier nach dem Mittag was geschrieben, und wollte dir die Mail vorher schicken, damit du mir schnell dein »Okay« gibst. Es ist schräg, ohne dich in der Schule zu sein! Ich hab mich beim Essen zu Laurie, Caro und Stephanie gesetzt, aber ich bin ihnen nicht so nah wie dir und du fehlst mir so sehr! BTW, ich soll dich von den Mädels grüßen. Wenigstens hab ich noch die Leute vom Schwimmen, die ich alle mag und mit denen ich Spaß haben kann. Oh, stimmt! Ich bin Thomas in der Cafeteria über den Weg gelaufen und wir haben uns geschlagene zwei Minuten unterhalten!

Ich: Hallo Thomas.

Er: Ah, äh … Hallo. (Immer so verdammt lässig, dein Thomas.)

Ich: Hast du was von Lea gehört?

Er: Ja, sie hat mir diese Woche gemailt.

Ich: Hast du's eilig? Wollen wir zusammen was essen?

Er: Äh, nein, ich kann nicht. Ich hab Mathenachhilfe.

Ich: Ach stimmt, mit Sarah Bernard, oder? (Ich hab die Augen zusammengekniffen und sehr missbilligend geschaut.)

Er: Was? Hat dir Lea das erzählt? Sie ist echt paranoid!

Ich: No way! Ich glaube, dass sie Sarah einfach nicht vertraut.

Er: Pfff. (Wie ich immer sage, er ist kein Mann der vielen Worte.) Ich muss jetzt los.

Das wars. Ich hoffe, dass du stolz auf mich bist! Erstens habe ich ihm angeboten, mit mir zu essen (sehr anstrengend), und zweitens hab ich gecheckt, was er so treibt, und klargestellt, dass wir Sarah nicht leiden können.

Ich muss los, ich hab Französisch beim Kartoffelkopf. Ich dachte, dass ich ihn nach der Sec 2 endlich los bin, aber er hat sich entschieden, auch dieses Jahr unseren Kurs zu leiten! Du hast echt Glück, ihn nicht noch ein Jahr ertragen zu müssen!

Vergiss nicht, meine Mail an Cedric zu lesen. Ich will wissen, was du davon hältst. (Ich hab versucht »sympathisch und unbewusst-absichtlich flirty« zu klingen.) Ich bin gespannt drauf, was du von deinem ersten Tag zu erzählen hast!

Lou X

Anhang:

Hallo Cedric!

Ich hoffe, dir geht's gut und die Rückkehr in die Zivilisation war nicht allzu hart. Mir geht's so mittel: Heute fängt die Schule wieder an und wie ich dir schon erzählt habe, ist meine BF weggezogen, also fühle ich mich ein wenig allein.
   Ich hatte wirklich Spaß auf der Strandparty, besonders das Ende des Abends hat mir sehr gefallen. ;) Da du ja nicht weit von mir entfernt wohnst, wäre es doch cool, wenn wir uns mal treffen würden!
   Gib mir Bescheid. :)

Marilou

An: Marilou33@mail.com
Von: Lea_love@mail.com
Datum: Montag, 31. August, 17:16
Betreff: Was für ein Tag!

Hallo Lou,

ich finde deine Mail top! Du kommst auf den Punkt, aber du bettelst auch nicht. Ich bin sicher, dass er deinem Charme nicht widerstehen kann und was mit dir unternehmen wird. OOOOHHHH!
   Deinen Schmerz kann ich übrigens wirklich gut nachfüh-

len. :(Manchmal vermisse ich dich so sehr, dass ich in meinem Kopf mit dir Gespräche führe! Ich weiß, dass du mit den anderen Mädels nicht so eng bist, aber sie sind supernett, also versuch, ihnen gegenüber offen zu sein, so gut du kannst. Und wie du selbst sagst, du hast die ganzen Leute vom Schwimmen, mit denen du deine Wasserabenteuer teilen kannst. Gib dir ein bisschen Zeit, du wirst dich irgendwann dran gewöhnen, mich nicht in der Cafeteria zu sehen. ;) Aber ich warne dich, ich verbiete dir hiermit offiziell, mich zu vergessen oder zu ersetzen. BFF heißt: für immer!

Ich hatte heute auch einen ziemlich harten Tag. Schlimmer als ich dachte! Alles hat heute Morgen damit angefangen, dass ich realisiert hab, dass mein Bruder nicht im gleichen Gebäudeteil sein wird wie ich! Hier sind die Sec 1–3 in Flügel A und die Sec 4+5 in Flügel B. Das bedeutet im Klartext: Ich häng bei den Babys fest und kann mich nicht mal beim Mittagessen zu meinem Bruder setzen und zumindest *vorgeben*, ich hätte Freunde, weil wir nicht in der gleichen Cafeteria essen!

Sie haben mir im Sekretariat gesagt, dass ich zum Auditorium (aka Turnhalle) muss, wo das Treffen mit meinen Lehrern und dem Direktor stattfindet. Ich hab mich natürlich sofort verlaufen und kam zu spät. Die Tür hat laut gequietscht und alle haben sich zu mir umgedreht. Es war RICHTIG peinlich. Nach einer superlahmen Stunde Zuhören, was die Lehrer und der Direktor zum Wert der Ausbildung zu sagen hatten, kamen sie auf die Idee, alle neuen Schüler vorzustellen. Niemand hat mir gesagt, dass ich auf die Bühne steigen und neben dem Direktor stehen und wie ein Idiot grinsen muss! Ich hatte gehofft, mich einfach unauffällig unter die anderen mischen und in der Menge untertauchen zu können! Es gibt nur vier Neue in der Sec 3: Mich, zwei Jungs und ein anderes Mädchen. (Sie heißt Marianne und kennt schon alle coolen Leute. Und irgendwas an ihr erinnert mich an Sarah Bernard. Sie ist also auf meiner schwarzen Liste.) Zum Glück wollten sie nicht auch noch, dass wir irgendwas sagen! Sie boten uns eine Schulführung während der Mittagspause an. Ich hab zugesagt (du weißt ja, mein legendärer Orientierungssinn), aber Marianne hat das Angebot abgelehnt: »Ist schon gut, meine Freunde werden sich darum kümmern.«

Danach haben sie uns die Nummern für unsere Schließfächer, die Stundenpläne und die PC-Logins gegeben. Da der »Baby-Flügel« ziemlich klein ist, komme ich schon ganz gut zurecht. Ich habe erfahren, dass ich in der Klasse 34 bin. (Es gibt nur vier Klassen in der Sec 3 und wir sind nur 125 Schüler. Ich dachte, hier in eine kleine Schule zu gehen, wäre eine gute Sache, sonst könnte ich mich nie integrieren und würde bis zum Abschlussball eine totale Loserin bleiben!) Ich hab meine Sachen in mein Schließfach gepackt und alle um mich herum dabei beobachtet, wie sie sich gefreut haben, einander wiederzutreffen:

»Da bist du ja!«

»Ich freu mich so, dich wiederzusehen!«

»Wie war dein Sommer?«

Sie waren alle so froh, sich wiederzusehen, dass ich schon wieder einen dicken Kloß im Hals spürte. Ich hab unsere Schule total vermisst. Ich hätte alles gegeben, um mich zu dir zu teleportieren. Ich glaube, ich hätte mich sogar gefreut, Sarah wiederzusehen! (Okay, das war übertrieben.)

Später gab es dann die Schulbesichtigung (wir durften in den »Oberstufen-Flügel« und der ist so viel cooler! Es gibt dort sogar ein Radio und ein Schülercafé! Mein Bruder ist echt ein Glückspilz!) und der Direktor hat uns zu einem »Snack« in den Schulhof eingeladen, was mir ganz recht war, weil ich so nicht alleine in der Cafeteria rumsitzen musste.

Ich hab versucht, mit den anderen Neuen zu reden, aber sie waren genauso schüchtern wie ich, was nicht gerade hilfreich war. Ich hab mich zusammengerissen und mir gesagt, dass wir alle im selben Boot sitzen (außer Marianne), und dass Loser zusammenhalten und sich gegenseitig unterstützen müssen.

Nach dem Snack fing der Unterricht an und ich konnte mir die Leute aus meiner Klasse genauer anschauen. Fazit: Es gibt Mädchen, die ganz klar zur Clique der Coolen gehören und mich scheinbar schon schräg anschauen. Die Schlimmste von ihnen heißt Maud. Sie hat schulterlange, lockige, haselnussbraune Haare, blaue Augen und einen perfekten Körper. Die anderen Mädchen betteln fast um ihre Aufmerksamkeit, als ob sie ihre Königin wäre. Maud geht mit José, einem superhübschen Latino, den ich heute Morgen schon bemerkt hab, als ich zu spät in die Turnhalle gekommen bin, aber er geht nicht in unsere Klasse. Als ich aus meiner letzten Unterrichtsstunde des Tages (Mathe) rauskam, sah ich Marianne (die Neue, die sich schon jetzt für die Coolste hält), wie sie auf Maud zugeht, die bei ihrem Schließfach steht. Die beiden haben sich sofort gesucht und gefunden. Warum sind es immer dieselben, die die Schule regieren?

Glücklicherweise hatte ein Mädchen aus meiner Klasse (Annie) Mitleid und sich mit mir unterhalten, bevor der Unterricht losging. Sie war supernett und hat mich sogar gefragt, ob ich mich ihr und ihren Freundinnen bei der Gruppenarbeit anschließen wollte.

Sie: Ich war letztes Jahr die Neue, also weiß ich, dass das am Anfang nicht einfach ist.

Ich: Danke, das ist echt nett von dir. Ich kenne echt niemanden.

Sie: Die Schule ist klein. In drei Monaten kennst du alle! Bis dahin kann ich dir helfen, wenn du willst.

Ich hab zur Antwort gelächelt und dabei zur Gruppe der coolen Chicks rübergeschaut.

Sie: Ja, die sind schwer zu übersehen. Ich glaube, die gibt's in jeder Schule der Welt! Jane, die Große, ist nett, wenn du sie erstmal kennenlernst, aber die anderen sind ziemlich ätzend.

Ich: Welche?

Sie: Es gibt vier: Die Braunhaarige da hinten heißt Lydia und die kleine Rothaarige Sophie. Nur Katherine fehlt, sie ist in der Klasse 32, genau wie José.

Danach hat sie noch mehr erklärt, aber ich kann mich echt nicht mehr an die Namen erinnern. Zu viel Info für einen einzigen Tag. Nach der Schule bin ich sofort nach Hause (ich bin Metro gefahren, ohne mich zu verirren!) und hab erstmal 20 Minuten geweint, bevor ich dir gemailt hab. Alles ist so anders hier. Ich fühle mich total verloren. Wenn ich morgen nicht zur Schule gehen würde, würde es keinem auffallen. :'(

Ich hab keine Energie, um mit Thomas zu reden. Ich will ihn nicht mit meinen Problemen nerven und ich hab so das Gefühl, dass ich eifersüchtigerweise einen Streit vom Zaun brechen werde, wenn er mir von Sarah erzählt, also werd ich jetzt ein Bad nehmen und mich entspannen, bevor das alles morgen von Neuem losgeht.

Lea XOX

PS: Erzähl mir von Cedric, sobald es da was zu erzählen gibt!!

An: Lea_love@mail.com
Von: Marilou33@mail.com
Datum: Dienstag, 01. September, 07:07
Betreff: Ich denk an dich :)

Hallo Lea,

ich habe deine Mail gestern Abend vorm Schlafengehen gelesen, aber ich bin nicht mehr dazu gekommen, dir zu antworten. Es tut mir superleid, dass es so schwierig für dich ist. Ich kann mir vorstellen, dass es dort sehr anders läuft, aber versuch immer dran zu denken, dass du dich dran gewöhnen wirst und dass es jedes Mal weniger schräg sein wird, diese neuen Leute zu sehen. Außerdem kommst du mich nächsten Monat besuchen! Juhu! Falls es dich aufheitert, du verpasst hier nicht wirklich irgendwas. Ich bin viel im Schwimmbad und hatte null Sozialleben, seit du weg bist. Ich denke viel an Cedric (der mir noch immer nicht geantwortet hat) und ich bereite mich innerlich auf ein weiteres Unglücksjahr mit dem Kartoffelkopf vor.

Oh, und ich hab Thomas gestern Abend an der Tankstelle gesehen. Er war mit seinem besten Freund Seb unterwegs. Ich hab nicht mit ihm gesprochen, aber meine Meinung als deine BFF ist: Es war absolut richtig von dir, ihn nicht anzurufen. Er steht ja nicht gerade ganz oben auf der Liste meiner Lieblingsmenschen (wenn du meine Meinung wissen willst, er könnte ein bisschen mehr Interesse dafür zeigen, was bei dir abgeht), aber andererseits will ich natürlich absolut nicht, dass er dir das Herz bricht und dass das mit euch schiefgeht. Ich denke, es wäre gut, dass du gut gelaunt bist, wenn du mit ihm redest, damit du dich hinterher nicht noch schlechter fühlst.

Ich muss zur Schule, aber ich schreib dir wieder, sobald ich kann!

Lou X

An: Thomasrapa@mail.com
Von: Lea_love@mail.com
Datum: Mittwoch, 02. September, 16:01
Betreff: Re: Schule

....

Hallo,

nun sind es schon vier Tage, in denen ich nichts von dir gehört hab und ich vermisse dich. :(Was machst du denn so? War der Schulanfang hart? Läuft es gut mit deiner »Tutorin«? Ist sie auch nicht zu anhänglich? ;)

Meine letzten Tage liefen ziemlich ähnlich ab. Ich habe keine Freunde, also rede ich mit Annie, einem Mädchen in meiner Klasse, die mich ein wenig unter ihre Fittiche genommen hat. In der Mittagspause hat sie oft Treffen mit der Schülervertretung, deshalb bin ich dann oft wirklich allein. Gestern Mittag hab ich mich so ausgeschlossen gefühlt, dass ich mit meinem Essen in den Park gegangen bin, und heute Mittag hab ich beschlossen, ganz drinnen zu bleiben und die Bekanntmachungen am Schwarzen Brett zu lesen. Ich hatte einen Kloß im Hals und musste raus und mich zum Weinen in der Toilette einschließen. Als ich wieder zum Englischunterricht zurückkam, hat Annie mich komisch angeschaut und gefragt, ob ich okay wäre. Bestimmt hat sie gemerkt, dass ich geweint hab. Sie muss denken, dass ich total schräg drauf bin. Und ganz bestimmt wird auch sie aufhören, mit mir zu reden, und ich werde mich bis zum Jahresende hinten in der Klasse einkapseln. Sorry, ich weiß, dass ich nicht gerade gut drauf bin … Es ist nur, du

fehlst mir und das hilft auch nicht gegen meine schlechte
Laune. :) Ich hoffe, dass du mir schreiben kannst, wenn du
ein paar Minuten Zeit hast …
   Ich liebe dich!

Lea

An: Lea_love@mail.com
Von: Marilou33@mail.com
Datum: Mittwoch, 02. September, 17:37
Betreff: Wo bist du?

Hallo!

Meine Mutter hat gesagt, dass du heute Morgen angerufen
hast, und seitdem hab ich versucht, dich zu erreichen, aber
ich komm nicht durch. Besetzt seit mehr als einer Stunde. Wie geht's dir? Läuft es denn ein bisschen besser? Ich
weiß, dass du manchmal schüchtern sein kannst und nicht
einfach von dir aus den ersten Schritt machst, aber ich denke, dass es sich lohnt, mit Leuten zu reden, die du (noch)
nicht kennst. Sie wissen, dass du neu bist, also werden sie
nicht damit anfangen, sich über dich lustig zu machen und
dich öffentlich zu demütigen. Du musst Risiken eingehen,
Süße. Das sag ich dir nicht zum ersten Mal.
   Schau dir doch mich an: Ich hab nicht auf meine Mutter
gehört, ein Bier getrunken, mit Cedric rumgeknutscht, ihm
eine Mail geschickt und noch immer keine Antwort bekom-

men. Mein Stolz hat vielleicht ein kleines bisschen gelitten, aber ich bereue nichts!

Ich bin am Donnerstagabend zu Sebs Party eingeladen. Seine Eltern sind nicht da. Ich wollte eigentlich nicht hingehen, aber Steph hat mich dazu überredet, weil sie auf ihn steht und ich ihre Eintrittskarte bin. Bestimmt werden vor allem Leute aus der Sec 4 und 5 da sein, also werde ich mich sicher fehl am Platz fühlen. Es wäre echt okay für mich gewesen, mit dir zu einer langweiligen Party deines Freundes zu gehen, aber das ist nicht dasselbe. Ich hab trotzdem Ja gesagt, weil ich so Thomas für dich im Auge behalten und vielleicht meine Meinung über ihn ein klein wenig ändern kann.

Schreib mir, wenn du das hier liest, damit ich weiß, dass du noch am Leben und nicht Hals über Kopf in den hohen Norden ausgewandert bist!

Lou XOX

An: Marilou33@mail.com
Von: Lea_love@mail.com
Datum: Mittwoch, 02. September, 21:06
Betreff: Hier bin ich!

Hallo! Ein weiterer überragender Vorteil der Entfernung: Es ist echt schwer, sich gegenseitig zu erreichen! Ich hab dich heute Morgen angerufen, weil ich echt down war und ein paar aufmunternde Worte und Jokes von meiner *BFF* geholfen hätten, mich aufzuheitern. Zum Glück hatte deine Mail den gleichen Effekt! Du hast absolut recht: Ich muss ein bisschen raus aus meiner Komfortzone und mit fremden Leuten reden, auch wenn mir das Angst macht. Sonst werde ich nie neue Freunde kennenlernen und dazu verdammt sein, in all meinen Mittagspausen zusammen mit den Computer-Nerds durch die Schule zu irren. :'(

Mein Bruder hat natürlich schon eine ganze Menge Freunde. Ich weiß nicht, wie er das anstellt, aber es scheint irgendwie in seinen Genen zu liegen, coole und beliebte Leute anzuziehen und bei den Mädels zu landen. Heute Abend sind wir zusammen heimgelaufen und er hat mir erzählt, dass er am Freitagabend ein Date hat! Warum haben meine Eltern nicht auch mir ein wenig von seinen magnetischen Fähigkeiten weitergegeben, als sie mich gezeugt haben? Es kommt mir echt so vor, als ob er alle guten Gene geerbt hat und ich nur die Krümel vom Tisch abbekommen hab! LOL!

Als du mich angerufen hast, hab ich gerade mit Thomas telefoniert, deshalb war die Leitung besetzt.

Ehrlich gesagt hab ich ihm eine leicht verzweifelte Mail geschickt, weil er sich vier Tage lang nicht bei mir gemeldet hatte und, Überraschung, das hat ihn doch tatsächlich dran erinnert, dass er eine Freundin hat. ;)

Aber weil er am Telefon ein bisschen grummelig war, wollte ich ihn nicht mit meinem »Losertum« zutexten und mit meinen Eingewöhnungsproblemen nerven. Ich habe ihm aber erzählt, dass es schwierig für mich ist, dass ich dich und ihn sehr vermisse und gerne öfter mit ihm reden würde, aber er hat mich wie ein Baby behandelt. ICH

HASSE ES, wenn er meint, seine 18-Monate-Altersunterschied-Moral rausholen zu müssen. Wenn er so erwachsen wäre, würde er es irgendwie hinbekommen, die Schule und seinen Führerschein zu bestehen und mich mit dem Auto besuchen! Aber nein, er verschwendet seine Zeit lieber damit, die alten Motoren seines Onkels zu flicken. Vermutlich kannst du dir vorstellen, dass alles eher bergab ging nach seinem Superkommentar.

Ich: Ich bin KEIN Baby! Ich möchte nur das Gefühl haben, wenigstens manchmal, dass du für mich da bist.

Er: Ich tu was ich kann, Lea. Bitte, erstick mich nicht. Wenn du 16 bist und anfängst zu arbeiten, dann wirst du sehen, dass es nicht immer selbstverständlich ist, Zeit für deinen Freund zu haben.

Ich: Du sagst jetzt nicht ernsthaft, dass ich dich ersticke. Ich bin am ANDEREN ENDE DER WELT! Wenn du mich fragst, könnte ich dich nirgendwo weniger ersticken als hier. (Da hab ich recht, gibs zu!)

Er: Lass gut sein, du verstehst rein gar nichts!

Und Klick! Er hat einfach aufgelegt. Ich bin in Tränen ausgebrochen. Meine Mutter hat mich gehört und geklopft, was die ganze Sache nicht wirklich besser gemacht hat.

Sie: Lea? Kann ich reinkommen? Was ist passiert? Warum weinst du?

Ich: Ich hab keine Freunde, ich hasse Montreal, und Thomas wird mich verlassen, weil ich zu jung bin. Und alles ist EURE Schuld!

Sie: Lea, du weißt sehr gut, dass es nicht unsere Schuld ist. Ich verstehe, dass es schwierig ist, aber du musst dich zusammenreißen, Liebes. Ich kenne dich. Wenn du den Menschen zulächelst, wirst du eine Menge Freunde kennenlernen.

Ich: Das hat nichts damit zu tun, du verstehst es einfach nicht!

Sie: Aber natürlich verstehe ich das. Und was Thomas angeht, ich will dir damit nicht wehtun, aber ich denke, dass ihr ein wenig zu jung für eine Fernbeziehung seid. Du musst ein paar Zugeständnisse machen und dir darüber im Klaren sein, dass es zwischen euch beiden vielleicht einfach nicht funktioniert.

Ich hab ihr einen bösen Blick zugeworfen. Sie ist gegangen. Ich bin so VERDAMMT wütend auf sie, dass sie mich hierher geschleppt haben! Nach unserem Streit habe ich mich beruhigt und beschlossen, Thomas anzurufen, um mich zu entschuldigen. Er hat mir gesagt, dass alles okay ist, aber ich hab immer noch eine gewisse Kälte zwischen uns gespürt. Es ist auch wirklich nicht einfach, sich aus der Ferne wieder zu vertragen. Um es auf den Punkt zu bringen, ich hab noch immer diesen Kloß im Hals und meine Heulerei geht mir selbst auf die Nerven. Deshalb werde ich dem Rat meiner BFF folgen und mein Leben wieder in die Hand nehmen. Morgen werde ich eine neue Lea sein!

Das ist superlieb von dir, dass du zur Party gehst, um Thomas zu überwachen. ;) UND vielleicht bringt es dich ja auch auf andere Gedanken. Ich würd alles dafür geben, mich zu Seb zu teleportieren und mit dir da hinzugehen. :)

Eine letzte Sache: Ich mag die neue rebellische Marilou sehr, die ungehorsam ist und mit Unbekannten *rumknutscht*, nachdem sie ein Bier getrunken hat, aber ändere nicht zu viel, weil ich dich so mag, wie du bist. :)

Lea

XOX

MANUS BLOG

Füge einen Titel hinzu: Ein Integrationsproblem

Beschreibe dein Problem: Hallo Manu! Ich gehe jetzt seit einigen Tagen in meine neue Schule und es läuft überhaupt nicht. Ehrlich gesagt fühle ich mich, als wäre ich anders als die anderen. Es kommt mir so vor, als ob sie alle aus der Großstadt kommen oder aus exotischen Ländern, als ob sie schon überall hingereist wären und perfekt drei Sprachen sprechen, während ich die kleine Neue vom Land bin, die noch nicht ausgewachsen ist, flach wie ein Brett und in deren Leben noch nichts Aufregendes passiert ist.

Wenn ich mir das beliebteste Mädchen meiner Stufe anschaue, werde ich eifersüchtig und möchte genauso schön und cool sein. Wurde sie so geboren oder war sie irgendwann auch mal eine Loserin? Wacht sie morgens mit diesen perfekten Haaren auf? Ich finde es ungerecht, dass einige Menschen im Vergleich zu meinem ein so leichtes Leben haben. Ich weiß nicht, wie ich in eine Welt hineinfinden soll, die so anders ist als alles, was ich kenne, und ich habe Angst, niemals dort anzukommen. Du sagst oft, dass man anderen die Chance geben muss, einen kennenzulernen, aber ich weiß echt nicht, wie ich das anstellen soll, und ich fürchte, dass sie mich für dumm halten und mich auslachen werden. :(

Lea

Manu beantwortet jede Woche zwei Fragen.
Vielleicht ist ja beim nächsten Mal deine dabei ...

Mittwoch, 02. September

22:03

Felix (online): Wer ist Manu?

22:03

Lea (online): Warum fragst du das?
Hast du in meinen Sachen geschnüffelt?!

22:04

Felix (online): Nein, entspann dich!
Ich wollte deinen Tacker ausleihen und hab
Manus Blog auf deinem Bildschirm gesehen.
Ist das sowas wie 'ne Sekte?

22:04

Lea (online): Natürlich nicht!
Das ist ein Typ, der einen Blog betreibt.
Man kann ihm persönliche Fragen stellen und ihn um Rat fragen.
Das ist total cool. Seine Antworten sind echt hilfreich.

22:05

Felix (online): Er hat dir geantwortet?

22:05

Lea (online): Noch nicht, aber das kommt schon noch.
In der Zwischenzeit lese ich das, was er anderen Mädchen antwortet.
Der Blog ist TOTAL angesagt. Du kennst echt gar nichts.

22:06

Felix (online): Ich weiß, was im Leben wichtig ist, und
muss mich nicht einem Typ anvertrauen,
der gar nicht existiert, um mich besser zu fühlen!

22:06

Lea (online): Schon klar!
Mr Popular muss ja mit niemandem reden!
Das gilt aber nicht für mich. Mir hilft das.

22:07

Felix (online): O.K., ich habs kapiert!
Aber du weißt, dass du mit deinen Fragen
auch zu mir kommen kannst.

22:07

Lea (online): Nein, kann ich nicht!
Du verstehst überhaupt nichts.
Und du hast keine Ahnung davon,
wie es ist, eine Loserin zu sein.

Felix (online): Na gut, tu was du willst, aber wenn du irgendwann doch mit mir reden willst, bin ich da. Auch wenn du mir auf die Nerven gehst. ;) Gute Nacht. Liebe Grüße an Manu.

22:08

Lea (online): Du bist doof!

22:08

Felix (online): DU bist doof!

22:08

Lea (online): Gute Nacht, »Mr. Cool, der mit niemandem reden muss«! LOL!

22:09

Felix (online): Gute Nacht, »Lea, die Loserin«. ;)

An: Lea_love@mail.com
Von: Marilou33@mail.com
Datum: Donnerstag, 03. September, 16:33
Betreff: Hrmpf!
1 Anhang: E-Mail Cedric

....

Ich schwöre, ich würde gerade echt alles dafür geben, bei dir in Montreal zu sein. Ich würde am liebsten in den nächsten Bus steigen und alles vergessen. Cedric hat mir endlich zurückgeschrieben, aber es ist nicht gerade die Antwort, auf die ich gehofft hatte. Warum hab ich so ein Pech in der Liebe? Sind alle Typen solche Nullen? Ich hab Herzschmerz. :(Ich wünschte wirklich, du wärst hier. Wir könnten endlos darüber reden und über Typen herziehen! So kann ich dir nur seine »tolle« Antwort schicken, damit du sie selbst beurteilen kannst.

Lou XX

Anhang:

Hallo Marilou!

Freut mich, von dir zu hören. Hier ist auch alles okay. Die Schule hat wieder angefangen und ich hab endlich meine Freunde wiedergesehen.
Du solltest wissen, dass meine Ex mich gefragt hat, ob wir es noch mal miteinander versuchen wollen, als ich wieder zu Hause war. Und ich hab Ja gesagt. Es tut mir leid, aber ich

möchte sie nicht betrügen. Ich hoffe, dass du das verstehst
und wir trotzdem Freunde bleiben können.

Cedric

An: Lea_love@mail.com
Von: Thomasrapa@mail.com
Datum: Freitag, 04. September, 09:41
Betreff: Hallo

Hallo Lea,

heute Morgen bin ich spät aufgestanden. Gestern Abend war ich mit den Jungs im Park. Seb hatte ein paar Feuerwerksknaller mitgebracht und damit die Eichhörnchen erschreckt. Das war echt lustig. Wenn du es wirklich wissen willst (weil ich schon weiß, dass du mich danach fragen wirst), ja, wir haben geraucht. Aber keine Sorge, ich schwöre dir, dass ich fast gar nicht mehr rauche.

Heute Morgen hatte ich keine Lust, um 7 aufzustehen, also hab ich die ersten Stunden sausen lassen und stattdessen im Internet nach Fahrschulen gesucht. Das hat gut geklappt, weil meine Mutter nachts arbeitet und nicht vor Mittag zu Hause ist und ich so endlich ein wenig Ruhe hatte!

Du bist bestimmt schon in der Schule. Ich wollte dir nur sagen, dass ich an dich denke. Ich weiß, dass es zwischen uns ein wenig angespannt ist, seit du weg bist, aber denk einfach daran, dass wir uns bald sehen und uns das sicher guttun wird. :)

Ich habe Nachhilfe nach der Schule. Ich verstehe nicht, warum du Sarah so sehr verabscheust. Ich kann dir versichern, dass du, wenn du versuchen würdest, sie kennenzulernen, merken würdest, dass sie echt cool ist. Falls es dich beruhigt: Sie ist schon mit Jonathan Prevost zusammen, dem Typ aus der Sec 5, von dem du letztes Jahr gesagt hast, dass du ihn sehr hübsch fändest. Sie ist vergeben, also glaube ich nicht, dass sie plant, sich zwischen zwei Mathegleichungen auf mich zu stürzen!

Bis später,

Thomas

An: Marilou33@mail.com
Von: Lea_love@mail.com
Datum: Freitag, 04. September, 21:11
Betreff: Eine Woche geschafft!

Hallo Lou!

Ich hab so viel zu erzählen, dass ich gar nicht weiß, wo ich anfangen soll! Ich mach mal eine Liste:

1. Das mit Cedric tut mir so superleid. Es ist echt scheiße, dass er eine Freundin hat, aber andererseits kannst du ihm hoch anrechnen, dass er ehrlich mit dir war.

Kannst du nicht? Ich finde es trotzdem cool, dass er dir die Wahrheit gesagt hat, aber ich verstehe, dass du enttäuscht bist. Mach dich deswegen nicht fertig, Lou! Ich bin sicher, dass du irgendwann einen richtig guten Typen findest! Nicht alle sind Nullen! Schau dir Thomas an. (Ja, ich weiß, dass er dich nervt, aber trotzdem!)

2. Apropos Thomas, er hat mir heute Morgen gemailt, um mir mitzuteilen, dass er die ersten Stunden geschwänzt hat und mich vermisst. Klar, es ärgert mich, dass er seine ganze Zeit damit verbringt, mit seinen Freunden zu kiffen, aber ich weiß, dass ich ihn nicht ändern kann. Und ich liebe ihn, wie du weißt. Er hat mir erzählt, dass Sarah mit diesem heißen Jonathan aus der Sec 5 zusammen ist (was findet er nur an ihr?), aber ich wäre trotzdem froh, wenn du ihn heute Abend auf der Party im Auge behalten würdest. Okay?

3. Ich hab meine erste Woche überlebt und jetzt drei wunderbare freie Tage! Zum Glück läuft es (ein bisschen) besser in der Schule. Am Donnerstag hab ich mich durchgerungen, ein Lächeln aufzusetzen und die Leute in meiner Klasse zu grüßen. Und überraschenderweise hat mich keiner ausgelacht oder mich ignoriert. Ich saß neben Annie.

Sie: Na, wie war deine erste Woche?

Ich: Okay, aber ich muss zugeben, dass ich es hart finde, niemanden zu kennen. Alle haben schon ihre Freunde und werden mich nicht ohne weiteres in eine ihrer Cliquen aufnehmen.

Sie: Wenn ich dir helfen kann, gib mir Bescheid! Ich bin in drei Komitees und kann dir aus Erfahrung sagen, dass das hilft, um Anschluss zu finden.

Ich: Welchen Komitees?

Sie: Ich mache bei Improvisation, Schülervertretung und bei der Schülerzeitung mit.

Ich: Die Zeitung? Das ist cool! Ich hab schon immer gern geschrieben.

Sie: Wenn du Interesse hast, wir haben nächsten Dienstag ein Treffen, um ein neues Team auf die Beine zu stellen.

Ich: Super, da bin ich auf jeden Fall dabei!

Alle Websites und Artikel zum Anschlussfinden in einer neuen Schule, die ich gelesen habe (oder eher, von denen meine Eltern wollten, dass ich sie lese) empfehlen, sich an Aktivitäten zu beteiligen, um neue Freunde kennenzulernen. So langsam verstehe ich, was sie meinen. Ich weiß, dass ich nicht von jetzt auf gleich neue Leute treffen werde. Die Grüppchen gibt es schon und die Jugendlichen in meiner Stufe kennen sich schon sehr gut, also muss ich das konkreter angehen. Du hast recht (wie immer). Ich muss aktiv werden! Ich denke, es wäre cool, bei der Zeitung mitzumachen. Abgesehen davon hab ich nichts anderes zu tun und es würde mir helfen, wenn ich mich irgendwann entscheiden sollte, Journalismus zu studieren …

Beim Mittagessen hab ich mich neben Annie gesetzt. Sie hat mir einige ihrer Freunde vorgestellt. Ich geb dir eine kurze Beschreibung, damit du sie dir besser vorstellen kannst.

Julie: Sie ist in der Theater- und in der Improvisations-gruppe. Sie liebt es, sich wie eine Künstlerin zu stylen, mit Turban und Tunika, und sie trägt immer Ledersandalen.

Eli: Er ist supernett (und ziemlich süß). Er kennt jeden und ist bei ALLEN Aktivitäten dabei. Er ist der Typ, mit dem man sich sofort wohlfühlt.

Eric: Er nimmt sich ziemlich ernst. Ihn könntest du dir im Debattier-Club oder bei einem Wissensturnier[1] vorstellen. Er ist groß, lacht selten und schien nicht besonders begeistert von mir zu sein.

Ich war so happy, mit Leuten zusammen an einem Tisch zu sitzen, statt nur so zu tun, als würde ich Plätze freihalten oder sonst irgendwie verbergen, dass ich ganz allein bin!

In einer Ecke der Cafeteria hab ich auch Marianne gesehen, mit Maud und ihrer Freundin Katherine ins Gespräch vertieft. Sie haben sich Sachen ins Ohr geflüstert, gelacht und dabei die anderen Schüler angesehen. Ich hoffe, ich stehe nicht in ihrer Schusslinie. Ich kann diese Mädels echt nicht ab, die andere einschüchtern und sich ohne Grund über sie lustig machen, aber das heißt nicht, dass ich selbst ihr Opfer sein will.

Nach dem Unterricht bin ich zu meinem Schließfach und hab bemerkt, dass es genau neben dem von José ist, dem hübschen Latino. Er knutschte gerade demonstrativ mit Maud rum. Dann drehte sie sich zu mir um.

Maud: Hallo. Du bist die Neue, oder?
Ich: Ja.
Maud: Wie heißt du?

Ich: Lea, und du? (Ich wollte so tun, als würde ich sie nicht kennen, um nicht wie ein Groupie rüberzukommen.)
Maud: Maud. Und das ist mein Freund, José. Du wirst mich bestimmt ziemlich oft sehen, immerhin ist dein Schließfach genau neben seinem. (dämliches Lachen)
Ich: Ah, okay. (Ich wusste nicht, was ich darauf sagen sollte.)

Sie hat daraufhin irgendwas in Josés Ohr geflüstert (sicher irgendeinen Kommentar zu meinem nicht vorhandenen Style oder dem gigantischen Pickel auf meiner Stirn), hat ihm zugewunken und ist gegangen. Er drehte sich zu mir um.

José: Bye, Lea. Schönes Wochenende.

Der hübscheste Typ aus der Sec 3 UND Freund des beliebtesten Mädchens meiner Stufe hat mit mir geredet! Ich weiß, dass du mich gerade auslachst, während du das liest, aber ich hab mich diese Woche so ausgegrenzt gefühlt, dass mich sogar das echt aufgeheitert hat!

Als ich rausgegangen bin, saß mein Bruder zusammen mit anderen Jugendlichen vor der Schule. Er hat sich angeregt mit einer Braunhaarigen unterhalten, die geradezu an seinen Lippen hing. Weil ich nicht die nervige kleine Schwester sein wollte, hab ich ihm nur gewunken und bin weiter zur Metro gelaufen. Es ist jetzt nach 21 Uhr und er ist noch immer nicht da. Ich schätze, sie ist das Mädchen, mit dem er heute das Date hat. Ich werd dich auf dem Laufenden halten.

Du bist jetzt vermutlich gerade auf der Party ... Ich hoffe, dass du Spaß hast und Thomas sich gut benimmt. Wenn wir wenigstens Handys hätten, dann könnten wir uns in Echtzeit texten! Leider sehe ich aktuell null Chancen, meine Eltern zu überreden, mir eins zu kaufen. :(

So, genug: Es wartet da ein *Gossip-Girl*-Marathon auf mich! Schreib mir, wenn du zu Hause bist.

Lea XOX

An: Lea_love@mail.com
Von: Marilou33@mail.com
Datum: Samstag, 05. September, 10:53
Betreff: Was für ein Abend!

Sorry, dass ich dir nicht geschrieben habe, als ich gestern Abend heimgekommen bin, aber ich war echt platt.

Steph und ich sind aus taktischen Gründen erst gegen 20:30 zur Party gegangen, weil wir nicht die Ersten sein wollten, die dort auftauchen. Am Anfang hat es Spaß gemacht, weil ich viele Leute kannte, aber gegen 21:00 wurde es immer voller und alle wurden mehr und mehr betrunken. Seb hat mir ein Bier angeboten, aber ich habe abgelehnt. (Wir erinnern uns ja noch gut, wohin mein letztes Alkoholexperiment geführt hat!) Steph hat sofort angenommen und die beiden sind in die Küche verschwunden.

Ich hab eine Runde gedreht, um nach Thomas Ausschau zu halten, bis ich schließlich gesehen habe, wie er angekommen ist, zusammen mit JP und ... Sarah Bernard. Offensichtlich sind sie jetzt eng und all ihre Freunde haben sich auch zusammengetan. Vermutlich ist das normal, weil sie alle in der gleichen Stufe sind. (Ich höre bis hierher, wie du gerade tief einatmest!) Auf jeden Fall war ihr Freund Jonathan nicht mit ihr zusammen da. Als Thomas mich entdeckt hat, schien er überrascht zu sein. Ich vermute, er hat nicht erwartet, mich auf dieser Art Party zu sehen. Er kam durchs Zimmer zu mir herüber, um mit mir zu reden.

Er: Hallo, Marilou. Was machst du denn hier?
Ich: Seb hat mich eingeladen, also bin ich mit Steph hergekommen.
Er: Hmm. (Er fühlte sich offenbar unwohl.) Sarah wohnt bei mir um die Ecke, deshalb sind wir zusammen gekommen.
Ich: Okay ... Und warum erzählst du mir das?
Er: Weil ich weiß, dass du es Lea erzählen wirst, und ich weiß, dass sie eifersüchtig ist. Und ich schwöre dir, dass es dafür keinen Grund gibt. Sarah ist nur eine Freundin. Außerdem hab ich Lea schon erzählt, dass sie einen Freund hat, aber irgendwie scheint sie das nicht zu verstehen.
Ich: Ich denke, das ist es nicht, was sie stört, Thomas. Ich glaube, dass es sie verletzt, dass du dich nie bei ihr meldest und dass sie sich am anderen Ende der Welt alleingelassen fühlt.
Er: Ja, ich weiß, aber es gibt nichts, was ich tun kann.
Ich: Na ja, du könntest damit anfangen, häufiger was von dir hören zu lassen.

Ich schwöre dir, Lea, ich wollte ihm echt den Kopf abreißen!

Was soll das heißen, »Es gibt nichts, was ich tun kann«? Ich weiß, du liebst ihn, deinen Thomas, aber ich finde, er ist nicht gerade der Hellste unter der Sonne. Er hat mich mit seinem komischen Blick angesehen. Ich denke, er war überrascht, dass ich es wage, so mit ihm zu reden. Ich hab mich umgedreht und bin los Richtung Küche und Steph. Sie war gerade damit beschäftigt, mit Seb rumzuknutschen, also hab ich ihr ein Zeichen gegeben, dass ich gehe, und bin nach Hause. Ich weiß nicht, wie der Abend ausgegangen ist, aber ich kann Steph nach Details fragen, wenn ich mit ihr spreche.

Ich hoffe, du bist mir nicht böse, dass ich gemein zu deinem Freund war, aber seit der Mail von Cedric bin ich neben der Spur. Ich weiß, dass ich nicht wirklich Grund habe, sauer auf ihn zu sein (du hast recht: er war immerhin ehrlich), aber ich bin trotzdem traurig, dass das nicht geklappt hat. Ich hätte wirklich gern einen festen Freund, weißt du. Und ich möchte, dass dein Freund dich glücklich macht. Ist das zu viel verlangt?

Ich geh jetzt frühstücken, aber ich ruf dich später an.

Ich habe mir einen neuen Rock gekauft, um meine Laune aufzubessern, und ich brauche deine Meinung, also bereite schon mal deine Kamera vor!

Lou XX

An: Marilou33@mail.com
Von: Lea_love@mail.com
Datum: Samstag, 05. September, 11:40
Betreff: Re: Was für ein Abend!

Ich hab eben gerade deine Mail gelesen und wollte dir einfach nur sagen, dass ich absolut nicht böse bin, dass du ihm die Meinung gesagt hast. Im Gegensatz zu mir, die sich nie traut, Widerworte zu geben, hast du keine Angst, zu sagen, was du denkst, und es ist dir ein bisschen egal, was andere davon halten. Manchmal wünsche ich mir, so zu sein wie du, statt immer Eiertänze aufzuführen und irgendwann zu explodieren, wenn ich es nicht mehr aushalte!

Ich komme absolut nicht drauf klar, dass er dort zusammen mit Sarah aufgetaucht ist. Klar war er überrascht, dich zu sehen, weil er nicht damit gerechnet hat, dass du ihn mit ihr siehst! Ich bin sowas von wütend!

Das Schlimmste ist, dass ich mir gestern Abend beim Schlafengehen noch gesagt habe, dass ich mich wirklich glücklich schätzen kann, mit ihm zusammen zu sein. Seine kleine Mail hat mir wirklich gefallen, aber es fühlt sich so an, als ob er mit seiner Heimlichtuerei alles kaputt macht.

Ruf mich ganz bald an und versuch herauszufinden, was gestern Abend noch passiert ist, BITTE! Das macht mich fertig!!!

Lea XOX

An: Stephlabella@mail.com
Von: Marilou33@mail.com
Datum: Samstag, 05. September, 12:33
Betreff: Und?

....

Hallo Steph!

Ich hab dich versucht anzurufen, aber du bist nicht drangegangen. Ich wollte wissen, wie es dir geht und wie der Abend gestern ausgegangen ist! Es sah auf jeden Fall so aus, als wärst du schwer beschäftigt gewesen, als ich gegangen bin. ;) LOL!

Lea hat mich nach Details zu Thomas und Sarah Bernard gefragt. Sie hat Angst, dass zwischen den beiden was läuft. Hast du irgendwas Verdächtiges bemerkt, nachdem ich weg war?

Ich warte auf Neuigkeiten!

Marilou XOX

An: Marilou33@mail.com
Von: Stephlabella@mail.com
Datum: Samstag, 05. September, 14:58
Betreff: Re: Und?

....

Huhu Süße!

Es tut mir so leid wegen gestern Abend! Ich weiß, dass ich dich für Seb hab sitzen lassen, aber ich musste meine Chance nutzen! LOL!

Kurz nachdem du weg warst, sind wir alle ins Wohnzimmer und eine Freundin von Sarah hat vorgeschlagen, »Wahrheit oder Pflicht« zu spielen. Sarah und Thomas waren beide da. Ich glaube nicht, dass ihm bewusst ist, dass ich mit Lea befreundet bin, sonst wäre er vorsichtiger gewesen. Um deine Frage zu beantworten, sie hing die ganze Zeit an ihm dran und hat gar nicht aufgehört, ihm Sachen ins Ohr zu flüstern.

Die Freundin von Sarah hat Thomas gefragt, ob er Wahrheit oder Pflicht wählt. Er hat ein paar Sekunden überlegt und sich dann für Pflicht entschieden. Sein Freund JP hat gesagt: »Ja, ist wohl besser für dich, nicht zu viele Infos über dein Liebesleben zu verraten!« Natürlich hat das Mädchen ihm danach die Aufgabe gestellt, Sarah zu küssen. Thomas schien ein wenig zu zögern, aber Sarah hat zu ihm gesagt: »Das ist schon okay, ich hab auch einen Freund. Es ist nur ein Spiel!« Sie hat ihn überredet und sie haben es getan. Es war nicht nur ein kleines flüchtiges Küsschen. Das war ein richtiger Kuss mit Zunge. Ich weiß nicht, ob du das Lea erzählen wirst, aber ich denke, es ist besser, wenn sie es von dir erfährt als von jemand anderem.

Was mich betrifft, ich bin nach dem Spiel gegangen. Seb hat mich zur Tür gebracht und mir vorgeschlagen, morgen mit ihm ins Kino zu gehen. Ich muss zugeben, dass ich total aufgeregt bin! Ich weiß, dass du ihn ein bisschen albern findest und nicht viel von seinen Freunden hältst, aber ich mag ihn sehr! Auf jeden Fall werde ich dir am Dienstag in der Schule die Details erzählen. Diese Drei-Tage-Wochenenden sind echt cool!

Steph XOXO

Kapitel 3

»C« wie
»It´s compli-
cated«!

MANUS BLOG

Füge einen Titel hinzu: Vertrauensbruch

Beschreibe dein Problem: Hallo Manu! Gestern hat mir meine beste Freundin erzählt, dass mein Freund auf einer Party ein anderes Mädchen geküsst hat. Es ist bei einem Spiel passiert, aber ich fühle mich trotzdem betrogen. Er hätte Nein sagen und erklären sollen, dass er eine Freundin hat. Ich würde ihm sowas niemals antun! Weil er weit von mir entfernt wohnt, gibt es nichts, was ich tun könnte, um ihn davon abzuhalten, sich mit anderen Mädchen zu treffen, aber dieser Vorfall macht mich noch paranoider als zuvor. Er hat versucht, mich anzurufen, aber ich habe keine Lust, mit ihm zu reden, weil ich nicht weiß, was ich zu ihm sagen soll und Angst habe auszurasten. Mein Herz ist gebrochen. Soll ich ihm vergeben, weil es nur ein Spiel war, oder soll ich Schluss machen, weil er mich betrogen hat? Ich bin total durcheinander!
Lea

Manu beantwortet jede Woche zwei Fragen.
Vielleicht ist ja beim nächsten Mal deine dabei …

Sonntag, 06. September

11:34

Lea (offline)

Marilou (online): Lea? Bist du da? LEEEAAAA!! Ich hab nichts mehr von dir gehört, seit ich dir die Mail von Steph weitergeleitet hab. Und ich hab dich ungefähr 1000 Mal angerufen! Lebst du noch? Ich will nur sichergehen, dass du O.K. bist.

11:37

Lea (online): Hallo! Sorry, ich bin ein bisschen neben der Spur seit gestern Abend … Man könnte sagen, dass ich versuche, mich vom Schock der Nachricht von Steph zu erholen. Ich bin total durcheinander, Lou.

11:39

Marilou (online): Das versteh ich. Willst du drüber reden?

Lea (online): Nein, schon O.K. Meine Mutter will sowieso, dass ich mit ihr in der Avenue Laurier shoppen gehe, um ihr ein Abendkleid zu besorgen. Sie will meine Meinung dazu hören und meinte, dass das doch eine schöne Gelegenheit sei, »ein wenig Zeit miteinander zu verbringen«. Zumindest gehen wir vorher zusammen essen. :) Das wird mich ablenken. Aber jetzt musst du mal deine Kamera anmachen und mir deinen Rock zeigen!

11:45

Lea (online): Wow! Die Typen werden auf jeden Fall d-u-r-c-h-d-r-e-h-e-n, wenn sie dich damit sehen! Zu schade für Cedric – er hat keine Ahnung, was er da verpasst. Und zu schade für alle Typen auf der Welt, denen nicht klar ist, wie absolut unglaublich wir sind! LOL!

11:47

Marilou (online): LOL! Du hast recht ... und zu schade für Thomas, weil er nicht kapiert, wie glücklich er sich schätzen kann, dass er mit einem Mädchen wie dir zusammen ist. :) Willst du wirklich nicht darüber reden?

11:48

Lea (online): Meine Mutter wartet auf mich, aber wenn ich die Kraft dazu finde, melde ich mich heute Abend. Wenn nicht, mail ich dir ganz sicher morgen. Danke, dass du für mich da bist, Lou. Ich weiß echt nicht, was ich ohne dich machen würde.

11:49

Marilou (online): Na ja, ohne mich wäre dein Leben bestimmt ein Alptraum. LOL. Ich weiß aber auch nicht, was ich ohne dich machen würde ... :) I ♥ U, Süße, schreib mir, wenn du zurück bist.

11:50

Lea (online): I ♥ U2 :) CU. XOX

An: Marilou33@mail.com
Von: Lea_love@mail.com
Datum: Montag, 07. September, 13:30
Betreff: Nachdenken

....

Hallo!

Sorry, dass ich dich gestern Abend nicht angerufen habe, aber ich musste darüber nachdenken, was ich tun soll, bevor ich darüber reden kann. Der Nachmittag mit meiner Mutter war gut. Sie hat gemerkt, dass irgendwas mit mir nicht stimmt, aber ich hab ihr einfach gesagt, dass ich mich mit Thomas gestritten hab. Ich weiß genau, wenn ich ihr die Wahrheit erzählt hätte, dann hätte sie mir geraten, mit ihm Schluss zu machen, und ich war nicht in der Stimmung, mir das anzuhören.

Danke, dass du mir erzählt hast, was auf der Party passiert ist. Ich weiß, dass dir die Entscheidung bestimmt nicht leicht gefallen ist, weil du mir ja nicht wehtun möchtest, aber glaub mir, ich will lieber die Wahrheit wissen. Es wäre mir natürlich noch lieber gewesen, dass Thomas ehrlich zu mir wäre und mir danach selbst davon erzählt hätte, aber es ist ja nicht so, dass ich ihm dazu die Gelegenheit gegeben hätte. Er muss auf jeden Fall kapiert haben, dass irgendwas nicht stimmt, weil er mich mehrfach versucht hat anzurufen. Ich musste sogar meinen Eltern erzählen, dass ich nicht ihm reden will, weil wir uns »gestritten« haben.

Heute ist mir klar geworden, dass ich nicht länger den

Kopf in den Sand stecken kann, sondern ihn damit konfrontieren muss. Am Anfang hat er so getan, als sei nichts gewesen, und das hat mich so frustriert, dass ich ihn irgendwann angebrüllt hab, dass ich weiß, dass er Sarah Bernard geküsst hat.

Er: Lea, das hat nichts zu bedeuten. Es war ein Spiel.
Ich: Ich weiß, aber ich würde dir sowas niemals antun.
Er: Ich hätte Nein sagen sollen. Es tut mir leid. Ich wollte es dir sofort danach erzählen, aber ich wusste, dass du so reagieren würdest. Ich schwöre dir, dass es nichts zu bedeuten hat, Lea. Alle haben uns angeschaut und ich wollte nicht feige aussehen, aber ich weiß, dass das falsch war. Vergib mir, okay?

Ich habe beschlossen, ihm eine Chance zu geben, weil ich ihn liebe und weil er ja im Grunde recht hat, es war nur ein Spiel. Obwohl es sich noch immer schräg anfühlt, weiß ich, dass ich vielleicht überreagiert hab. Immerhin komme ich euch in einem Monat besuchen und ich denke, dass uns das WIRKLICH helfen wird. Ich weiß genau, dass du denkst, dass ich ihm nicht vergeben soll und dass es absolut keine Entschuldigung dafür gibt, was er getan hat, aber wir hatten echt eine super Zeit zusammen und ich denke wirklich, dass er sich ändern kann.

Auch wenn unser Streit »geklärt« ist, bin ich froh, dass wir heute frei haben, weil ich mich echt nicht in der Lage fühle, mich mit meiner neuen Schule, den »Coolen Super-Chicks« und Leuten zu beschäftigen, die ich nicht kenne.

Was gibt's Neues bei dir? Bist du noch down wegen Cedric? Warst du viel schwimmen, um auf andere Gedanken zu kommen? Ist Steph mit Seb zusammen? Ich will ALLES wissen!

So, ich muss jetzt meine Hausaufgaben machen, wenn ich für morgen vorbereitet sein will. :(Fühl dich umarmt! Danke für alles! Du bist echt die BESTE Freundin *ever*!

Lea XOX

An: Stephlabella@mail.com
Von: Marilou33@mail.com
Datum: Montag, 07. September, 14:33
Betreff: Danke

....

Hallo Steph!

Danke, dass du mir das alles erzählt hast. Ich hab darüber mit Lea gesprochen, aber Thomas hat es geschafft, sie dazu zu überreden, ihm zu verzeihen. Ich weiß echt nicht, was sie an ihm findet. Sie denkt, er wäre ein geheimnisvoller und geistreicher Typ, aber meiner Meinung nach ist er einfach nur ätzend! Er hat keine Ahnung, wie glücklich er sich schätzen kann, dass er eine Freundin wie sie hat. Sie will, dass ich ihre Entscheidung gutheiße, aber es ist hart, so zu tun, als ob ich mich für sie freuen würde. Ich fühle mich deswegen ein bisschen schlecht und weiß nicht, was ich tun soll.

Aber keine Sorge: Ich finde Seb viel cooler und sympathi-

scher als Thomas. Ich kann es kaum erwarten, dass du mir von eurem Date erzählst. :D
Bis morgen!

Marilou XX

An: Marilou33@mail.com
Von: Lea_love@mail.com
Datum: Mittwoch, 09. September, 19:02
Betreff: *I don´t speak english*

....

LOU!!! Wo bist du? Ich hab seit Montag nichts mehr von dir gehört. :(Bist du sauer auf mich? Ich weiß, dass es dir nicht gefällt, was Thomas gemacht hat, aber ich brauche dich trotzdem, vor allem jetzt!

Gestern war das erste Treffen mit Annie und den Leuten von der Schülerzeitung. Es scheint ziemlich cool und abwechslungsreich zu sein. Das einzige Problem ist, dass Eric der Chefredakteur ist und es irgendwie auf mich abgesehen zu haben scheint. Annie hat ihm vorgeschlagen, dass ich einen ersten »redaktionellen« Artikel verfassen könnte, worin ich über meinen Umzug schreibe und wie es ist, in einer neuen Schule Fuß zu fassen. Er meinte, er müsse darüber nachdenken, weil er auch meine Hilfe dabei bräuchte, die Artikel vom letzten Jahr zu archivieren und seinen Lebenslauf zu erstellen! Entschuldigung, aber ich bin ja wohl nicht seine Sekretärin! Nach dem Treffen ist Annie zu mir gekommen, um sicherzugehen, dass ich nicht ausraste.

Sie: Mach dir keine Gedanken wegen Eric. Am Anfang behandelt er alle so. Es fällt ihm nicht leicht, Menschen zu vertrauen.

Ich: Aber warum? Ich hab ihm doch nichts getan.

Sie: Ich weiß, aber früher wurde er viel ausgelacht und seitdem ist er vorsichtig. Lass mich mit ihm reden. Ich werde ihm sagen, dass du supernett bist und sein Vertrauen verdienst.

Ich: Danke, Annie, du bist echt lieb. Ich werde euch nicht enttäuschen, versprochen!

Wir treffen uns nächste Woche wieder, dann sagt uns Eric, was Sache ist und wer wofür verantwortlich sein wird. Ich drück die Daumen, dass er mich meinen ersten Artikel schreiben lässt und ich nicht seinen Papierkram erledigen muss.

Etwas unangenehmer war die Note, die ich für meine erste Englischhausaufgabe bekommen habe (wir mussten einen Aufsatz über unsere Ferien schreiben). Ich hatte 4 von 10 Punkten. :'(Nach dem Unterricht bin ich zum Lehrer gegangen, um mir von ihm meine Fehler erklären zu lassen. Er ist englischsprachig und sein Französisch hat einen krassen Akzent:

Der Lehrer: Du kommst nicht aus Montreal, *right*?

Ich: Äh, nein. Ich bin gerade erst zugezogen.

Der Lehrer: Hm, das *Problem* ist, dass wir hier keine *beginner*-Kurse haben.

Ich: Äh… für Anfänger!

Der Lehrer: Yes! Also ist es schwieriger für dich, den anderen zu folgen. Vielleicht werde ich fragen, ob jemand aus der *class* sich bereit erklärt, dir bei den *homeworks* zu helfen.

Ich: Aber ich kenne kaum jemanden aus der Klasse. Ich bin neu hier.

Der Lehrer: I know. Ich werde eine gute Schülerin fragen, ob sie dir hilft. *Don´t worry,* ich kümmere mich um alles!

Er hat mich angelächelt und ist gegangen. Mir ist klar, dass ich eine absolute Null bin im Vergleich zu den anderen. Und da ich niemanden außer Annie kenne (und es gibt echt eine Grenze, wie sehr man die Hilfsbereitschaft anderer strapazieren kann), hat der Lehrer sich dann selbst angeboten, einen Freund oder eine Freundin für mich zu finden, der oder die mir dabei hilft, in Englisch nicht durchzufallen. Bestimmt denkst du, dass ich übertreibe, aber ich schwöre dir, ich verstehe kein einziges Wort, wenn er redet! Er hält den gesamten Unterricht, auch die Grammatikerklärungen, auf Englisch – für mich könnte das alles auch Chinesisch sein. Wenn er einen Witz macht, lache ich zwar zusammen mit den anderen, aber in Wahrheit habe ich keine Ahnung, was er gesagt hat! Es kann gut sein, dass sie dann gerade über mich lachen und ich bin erst recht die Dumme, weil ich auch noch mitlache. LOL!

So, ich muss weg, meine Eltern warten auf mich, weil wir essen gehen wollen. Mein Bruder ist heute Abend nicht zu Hause (Ich hab ihn gefragt, wie sein Date gelaufen ist, aber er wollte mir keine Details verraten und hat nur zufrieden gelächelt … Fortsetzung folgt), also darf ich mich darauf gefasst machen, dass sie die Gelegenheit nutzen und mich mit Fragen bombardieren, wie gut ich hier Anschluss finde, und sichergehen wollen, dass ich nicht zurück nach Hause abhaue oder sowas. Bitte schreib mir, bevor ich wieder zurückkomme. Ich vermiss dich und will wissen, was du so treibst!

Lea XOX

An: Lea_love@mail.com
Von: Marilou33@mail.com
Datum: Mittwoch, 09. September, 20:13
Betreff: Hier bin ich!

Hallo Lea,

keine Sorge, ich lass dich nicht im Stich! Ich war superbusy mit Hausputz, Schwimmbad (ja, das hat mich wirklich gut abgelenkt!) und Hausaufgaben. Ich hab total vergessen, dass Schule ja so viel »Spaß« bedeutet. LOL!

Das mit deinem Englischkurs tut mir leid. Es stimmt schon, dass wir hier nicht wirklich viel Englisch sprechen, also kann ich gut verstehen, dass du im Vergleich zum Rest der Klasse hinterher hängst. Aber wer weiß? Vielleicht steckt dich dein Lehrer mit einem superhübschen, freundlichen, intelligenten und zuvorkommenden Typen zusammen, in den du dich total verliebst und du wirst perfekt zweisprachig werden! LOL! Davor müsstest du natürlich zuerst mal mit Thomas Schluss machen. ;)

Steph hat mir erzählt, dass sie mit Seb im Kino war. Offenbar ist er ihr gegenüber superaufmerksam und viel romantischer, als sie dachte. Nach dem Film hat er sie in ein Café eingeladen und sie haben sich geküsst. Seb interessiert mich nicht sonderlich, wie du weißt, aber ich bin ehrlich gesagt ein bisschen eifersüchtig. Anscheinend ist alle Welt um mich herum glücklich verliebt und ich befürchte irgendwie, dass ich das niemals erleben werde. Der einzige Typ in meinem Leben, den ich wirklich gern mochte, ist dein Bruder, und wir wissen beide, wohin das geführt hat … exakt nirgendwohin! Insgeheim hab ich ihn fast meine gesamte Schulzeit hinweg geliebt! Ich wurde immer sofort rot, wenn er mich angesprochen hat, ich hab jedes Mal heimlich geweint, wenn er ein neues Mädchen gedatet hat, und ich hab mich nie getraut, ihm zu sagen, dass ich ihn liebe. Bestimmt hätte er mich ausgelacht. Auch wenn du denkst, dass wir gut zusammengepasst hätten, bin ich mir sicher, dass er in mir nur die Freundin seiner kleinen Schwester sieht, mehr nicht. Und nachdem das mit Cedric passiert ist, habe ich nicht unbedingt Lust, mir noch einen Korb abzuholen!

Nach dieser *total* spaßigen Nachricht werde ich jetzt zur Aufheiterung ein bisschen TV schauen – das Schwimmbad hat es heute nicht gebracht. ;(

Lou XX

An: Marilou33@mail.com
Von: Lea_love@mail.com
Datum: Donnerstag, 10. September, 16:57
Betreff: Ich denk an dich!

Arme Lou! :(

Ich wusste nicht, dass du dich so einsam fühlst. Ich weiß, du glaubst, dass du den Rest deines Lebens als Single verbringen wirst, aber ich bin mir SICHER, dass du irgendwann einen Typen triffst, der dich *total* glücklich machen wird! Einen superhübschen, intelligenten und aufmerksamen, der total verrückt nach dir sein wird, weil es genau das ist, was du verdienst! Einen, der besser ist als mein großer Bruder, der jede Woche eine Neue am Start hat. LOL!

Apropos Felix, wir sind heute zusammen von der Schule nach Hause gegangen und er hat mir erzählt, dass eines seiner Groupies am Samstag eine Party gibt. Er hat tatsächlich gefragt, ob ich mitkommen möchte. Ich konnte es kaum glauben! Ich weiß, für dich ist Felix ein Gott, aber er war nicht unbedingt immer der beste Bruder der Welt. Gestern beim Abendessen hab ich meinen Eltern erzählt, dass ich es hart finde, immer allein zu sein. Ich kenne sie, wahrscheinlich haben sie mit ihm gesprochen und ihn dazu überredet, mich mitzunehmen, um mich aus meiner Erstarrung zu reißen und endlich sowas wie ein Sozialleben zu entwickeln. Auch wenn ich weiß, dass seine Einladung nicht von Herzen kam, hab ich sie angenommen, weil ich sonst wirklich absolut nichts zu tun hab!

Morgen hab ich wieder Englisch, also bin ich schon gespannt, welchen Tutor oder welche Tutorin mein Lehrer für mich ausgesucht hat. Hoffentlich ist es nicht Maud oder ein anderer Sarah-Bernard-Klon! LOL!

Seit Montag habe ich nichts von Thomas gehört und das tut wirklich weh. Eigentlich sollte er sich nach dem, was er mir angetan hat, für alle meine Sorgen interessieren, wie klein sie auch sind, und sich besser um mich kümmern. Denkst du nicht auch? Hast du ihn diese Woche gesehen? Weißt du, ob er sich mit meiner ganz speziellen Freundin getroffen hat? Ich würde ihn zu gern danach fragen, aber ich befürchte, dass das böse endet und er mir vorwirft, dass ich verrückt bin und ihm nicht vertraue. Also halte ich mich besser zurück, aber ich bin so froh, dass es dich gibt und ich meinen Frust bei dir loswerden kann. LOL!

Ich bin gespannt auf Neuigkeiten von dir!

Lea XOX

PS: *OMG*!! Justin Bieber kommt im Januar nach Montreal! Ich werde versuchen, an Tickets zu kommen, und wenn du es irgendwie schaffst, wäre das TOTAL DIE GELEGENHEIT, ein Wochenende mit mir zu verbringen und gemeinsam zum Konzert zu gehen!

An: Lea_love@mail.com
Von: Marilou33@mail.com
Datum: Donnerstag, 10. September, 20:01
Betreff: Uncooles Gerede!
1 Anhang: E-Mail Steph

Ich hab nicht viel Zeit, um dir zu schreiben, weil ich gerade vom Schwimmtraining komme und für einen Mathetest lernen muss, aber ich muss dir unbedingt was erzählen. Und es wird dir nicht gefallen!!!

Steph hat mir vorhin eine Mail geschrieben, in der es um Thomas geht. Ich hab sie dir angehängt, weil das einfacher ist. Ich weiß, dass du das gerade nicht hören willst, aber als *BFF* muss ich dir das einfach weiterleiten. Ernsthaft, Lea, du verschwendest deine Zeit mit ihm. Ich verstehe, dass du ihn liebst, aber ich habe den Eindruck, dass du eher in ein Bild verliebt bist, das du von ihm hast, als in den Menschen, der er in Wirklichkeit ist. Ich lass dich also die Mail lesen und du kannst dann selbst entscheiden, was du davon hältst.

Lou XX

Anhang:

Hallo Marilou!

Ich habe mich heute in der Schule mit Seb getroffen und hatte keine Zeit, dir zu erzählen, was er mir erzählt hat ... anscheinend läuft doch was zwischen Sarah und Thomas.

Er hat mir erzählt, dass sie zu Thomas gesagt hat, dass der Kuss sie total durcheinander gebracht hat und sie mit ihrem Freund Schluss machen will, dass Thomas aber Lea nicht verletzen will und ihr deshalb gesagt hat, dass sie damit warten soll. Ich kenne keine Details, aber ich dachte mir, dass es Lea bestimmt interessiert, dass ihr Freund darüber nachdenkt, sie für eine andere sitzen zu lassen. Zum Glück ist Seb nicht so drauf.

Wir sehen uns morgen!

Steph XXXXX

An: Lea_love@mail.com
Von: Thomasrapa@mail.com
Datum: Donnerstag, 10. September, 20:22
Betreff: Die Wahrheit

....

Hallo Lea,

es tut mir leid, dass ich diese Woche quasi abgetaucht bin. Ich weiß, dass war nicht so toll nach dem, was letztes Wochenende passiert ist, aber ich musste nachdenken. Die Wahrheit ist, dass ich dich nicht verlieren will, aber es ist schwieriger, als ich dachte, so weit von dir entfernt zu sein. Ich hätte nie geglaubt, dass uns die Distanz so sehr zu schaffen machen würde. Ich weiß, dass du in einem Monat herkommst und das wird uns auch guttun, aber ich will dich auch nicht länger hinhalten und von dir verlangen, dass du auf mich wartest, während ich nicht wirklich sicher bin, was ich will. Darum hab ich mir ein paar Tage Zeit gelassen, um darüber nachzudenken.

Denk jetzt nicht, das hätte etwas mit Sarah Bernard zu tun. Das Problem liegt bei uns und in der Distanz. Es kommt mir so vor, als ob wir uns häufiger streiten würden, und ich spüre, dass du oft traurig bist oder immer mehr von mir erwartest. Aber ich finde auch, dass du viel Humor hast und voller Energie steckst und so wunderschön bist, dass ich dich nicht verlieren will. Du bist anders als ich, aber genau dafür liebe ich dich. Na ja, ich weiß nicht, ob meine Mail Sinn ergibt (es ist schon spät, ich bin müde), aber ich wollte dir erklären, wie ich mich fühle, weil ich glaube, dass du das verdient hast. Ich weiß gerade nicht wirklich, was ich tun oder denken soll …

Thomas

Donnerstag, 10. September

20:30

Lea (online): Thomas! Ich hab deine Mail gelesen und muss mit dir reden, bitte!

20:31

Thomas (online): Bin da.

20:31

Lea (online): Ich weiß, dass du durcheinander bist. Und dass es schwierig für dich ist, aber ich bin nicht sicher, ob ich richtig verstanden habe, was du mir sagen willst.

20:33

Thomas (online): Ich wollte nur, dass du weißt, dass das mit der Entfernung echt hart für mich ist, auch wenn ich dich liebe.

20:34

Lea (online): Du sagst auch, dass du mich nicht länger hinhalten willst. Also was jetzt? Willst du Schluss machen?

20:34

Thomas (online): Nein ... Keine Ahnung ... Ich will dich nicht verlieren, Lea, aber ich find das alles echt schwierig.

20:35

Lea (online): Du hast mir zwar gesagt, dass Sarah Bernard nichts damit zu tun hat, aber Marilou hat mir erzählt, dass Steph ihr erzählt hat, dass Seb ihr erzählt hat, dass Sarah sich in dich verliebt hat und mit ihrem Freund Schluss machen will, um mit dir zusammen zu sein.

20:37

Thomas (online): Und ich hab dir gesagt, dass das keine Bedeutung hat. Soll sie mit ihrem Freund machen, was sie will. Das geht mich nichts an und es hat nichts mit uns zu tun.

20:39

Lea (online): O.K. … Sorry. Ich weiß, dass es manchmal hart ist. Ich will nur, dass wir das klären.

20:42

Thomas (online): Ja. Tut mir leid mit der Mail. Ich bin ein bisschen neben der Spur diese Woche. Aber wenn wir uns wiedersehen, wird alles gut.

20:44

Lea (online): Ja … O.K. Schlaf gut. Ich liebe dich. 💜

20:46

Thomas (online): Ich 💜 dich auch. Gute Nacht.

An: Marilou33@mail.com
Von: Lea_love@mail.com
Datum: Donnerstag, 10. September, 21:11
Betreff: Re: Uncooles Gerede!

....

Ich bin echt fertig. Ich sag dir, als ich deine Mail gelesen hab, hab ich richtig gespürt, wie mein Herz zerbrochen ist. Der Schmerz in mir ist so verdammt groß, ich glaube, ich sterbe gleich. Ich wollte dich gerade anrufen, da hab ich gesehen, dass auch eine Mail von Thomas gekommen ist.

Er hat zugegeben, dass Sarah sich in ihn verliebt hat (ein Punkt für Ehrlichkeit), und er hat mir versichert, dass ihn das nicht interessiert. Das Problem ist, dass er scheinbar an unserer Beziehung zweifelt und ihm die Entfernung zu schaffen macht. Ernsthaft, ich wusste nicht, was er mir damit sagen wollte. Einerseits sagt er, dass er mich liebt, andererseits scheint er pessimistisch zu sein, was die Zukunft unserer Beziehung angeht. Ich weiß, dass das schwierig ist, aber es fällt mir ehrlich gesagt schwer zu glauben, dass Sarah wirklich nichts mit diesem ganzen Mist zu tun hat.

Du kennst mich ja, ich war total im Panikmodus! Da er online war, hab ich ihn gebeten, mir das zu erklären, weil ich nicht wusste, ob er jetzt mit mir Schluss machen will oder nicht. Ich hasse diese Unsicherheit und würde nicht sagen, dass er mich wirklich beruhigen konnte. Immerhin hat er mir gesagt, dass es bestimmt gut für uns ist, dass wir uns bald sehen und uns das helfen wird, alles in Ordnung zu bringen. Ich will ihn auf keinen Fall verlieren, Lou. :(

Dieses emotionale Feuerwerk hat mich absolut erledigt.

Ich geh jetzt ins Bett. Danke fürs Zuhören und dass du auch in diesem Drama zu mir hältst. Ich komm mir vor wie eine Figur aus 90210 oder sowas. Ich weiß ernsthaft absolut nicht, was ich ohne dich tun sollte … und ich will, dass du weißt (ich bin gerade ein bisschen sehr emotional, nicht lachen), dass ich auch jederzeit für dich da bin, wenn du willst.

Lea XOX

An: Lea_love@mail.com
Von: Marilou33@mail.com
Datum: Freitag, 11. September, 11:50
Betreff: Juhuuuu!!!

Huhu!

Wie war dein Tag? Hast du dich ein wenig von gestern erholt? Du weißt ja, wie ich über die ganze Sache denke … aber das Wichtigste ist, dass du glücklich bist. ;)
   Ich schreibe dir aus der Schule, weil ich einfach nicht warten konnte: Gerade hab ich erfahren, dass ich mit meiner Mannschaft an einem Schwimmwettkampf teilnehmen werde … (Trommelwirbel) IN MONTREAL!! Ich bin so happy! Du bist natürlich die Erste, die erfährt, dass ich am Wochenende um den 5. November in DEINER Stadt sein werde! Juhuuuu!!! Und ich hab schon meine Eltern wegen Justin Bieber gefragt und wenn du uns wirklich Tickets besorgen kannst, könnte ich dich auch noch im Januar besuchen! Weil

du ja an Weihnachten kommst, bedeutet das, dass wir uns in jedem Monat bis Februar sehen könnten!
Ich freu mich soooo sehr!

Lou XX

An: Marilou33@mail.com
Von: Lea_love@mail.com
Datum: Freitag, 11. September, 22:33
Betreff: Re: Juhuuuu!!!

....

OMG, das ist sooo cool! Ernsthaft, ich kann noch nicht ganz glauben, dass du echt nach Montreal kommst. Ich bin sooo aufgeregt, total schräg! Du kannst deinen Trainer schon mal vorwarnen, dass du bei mir schläfst, er muss also kein Hotelzimmer reservieren. :) Ich werde also endlich doch eine Freundin haben. LOL! Vielleicht beeindruckst du ja die Trainer in Montreal und sie bieten dir ein Stipendium an, sodass du in Zukunft hier schwimmen kannst! Du könntest mit mir zur Schule gehen und wir könnten unsere eigene Clique starten!

Heute war ein ziemlich großer Tag für mich. Nach dem Englischunterricht bat der Lehrer Jane (die Große aus Mauds Clique) und mich zu ihm.

Lehrer: So, Lea, ich habe Jane gefragt, ob sie dir bei der *English class* helfen würde. Sie ist *very good*, also denke ich, dass dir das *good* helfen würde.

Jane: Hallo. Wir haben uns noch nicht offiziell vorgestellt. Ich bin Jane. Ich helfe dir gern.

Ich: Danke, das ist nett.

Lehrer: Good. So, Jane, kannst du Lea am *weekend* treffen, um mit ihr die *homework* zu machen?

Jane: Ja, klar. Ich werde etwas mit ihr ausmachen.

Der Lehrer ist dann gegangen und sie hat sich mir zugewendet. Sie ist sehr hübsch, hat aber einen schrägen Style. Sie trägt diese superweiten Hosen und ihre T-Shirts sind ein bisschen retro. Wie ich hat sie grüne Augen, aber ihre Haare hat sie schwarz gefärbt, dadurch kommt das Grün noch mehr zur Geltung. Sie ist superdünn und einen Kopf größer als ich. So viel zur Entschärfung meines Minderwertigkeitskomplexes …

Jane: Hast du am Sonntagnachmittag Zeit? Du könntest zu mir kommen und wir arbeiten das zusammen durch. Es ist nicht so kompliziert. Wir müssen nur zwei Seiten Dialog schreiben.

Ich: Ich hab schon Probleme damit, zwei englische Wörter richtig aneinanderzureihen. Für mich ist die Aufgabe also echt hart!

Jane: Haha! Mach dir keine Gedanken. Ich werde dir ein paar Tricks verraten. Du wirst superschnell lernen.

Sie wohnt in Outremont. Ich kenn mich in Montreal nicht besonders gut aus, aber ich weiß, dass das ein supervornehmes Viertel ist. Wir waren mal zum Abendessen dort. Es ist echt schön. Das hat mich ein bisschen schockiert, weil ich mir vorgestellt hatte, dass sie bestimmt im Plateau wohnt (das ist das Künstlerviertel in unserer Nähe). Ich hab ihr gesagt, dass ich gegen 14 Uhr vorbeikommen würde. Und morgen gehe ich mit meinem Bruder auf eine Party. Wow, scheint so, als hätte ich plötzlich ein Sozialleben!

In der Mittagspause hab ich Annie und Julie erzählt, dass Jane mir Englischnachhilfe geben wird. Sie schienen überrascht. Julie hat gesagt, dass sie Jane zwar nicht gut kennt, aber dass diese Clique von Maud ziemlich exklusiv sei und sie fast nie jemanden bei sich aufnehmen. Das hat mich ein wenig beruhigt – zumindest Jane scheint mich also nicht für eine totale Loserin zu halten. Trotzdem werde ich mich vor ihr und ihrer Clique in Acht nehmen. Ich hab noch nie zu den »Beliebten« in der Schule gehört und kann mir nicht erklären, warum sie mich einfach so unter ihre Fittiche nehmen sollte. Wenn ich wieder da bin, bekommst du einen detaillierten Bericht!

Lea XOX

An: Marilou33@mail.com
Von: Lea_love@mail.com
Datum: Sonntag, 13. September, 00:11
Betreff: Alles läuft schief

....

Hallo Lou,

vor einer Dreiviertelstunde bin ich von der Party zurückgekommen. Mein Bruder hat mich nach Hause gebracht. Meine Eltern hatten mir nur erlaubt, bis 12 zu bleiben, weil ich mit Felix unterwegs war.

Die Party fand in einer großen Wohnung im Plateau statt. Edith, die Freundin meines Bruders, hatte sturmfrei und um die 30 Leute eingeladen. Ich war noch nie auf einer Sec-5-Party, geschweige denn auf einer in der Stadt. Sie sind echt anders als unsere Partys. Niemand tanzte. Es lief zwar Musik, aber die Leute standen in kleinen Gruppen herum und tranken, rauchten, lachten und knutschten. Ich kam mir echt vor wie ein Baby. Ich hab zwar versucht, neutral rüberzukommen, mit Jeans und einem schwarzen T-Shirt, aber ich hab mich nicht wohl in meiner Haut gefühlt. David, ein Typ aus der Klasse meines Bruders, hat mir einen Wodka Orange angeboten. Er war gut, aber gefährlich! Nach einem Glas merkte ich, dass meine Wangen rot und ich selbst immer weniger schüchtern wurde!

Auf dem Weg zu den Toiletten lief ich José über den Weg.

José: Hallo Lea! (Er hat sich meinen Namen gemerkt!) Hätte nicht erwartet, dich hier zu sehen.

Ich: Oh, hey! Ja … ich bin mit meinem Bruder hier. Er ist in der Sec 5.

José: Wie heißt er?

Ich: Felix Olivier. Ähm, Olivier ist unser Familienname, nicht sein zweiter Vorname. (Scheint so, als hätte Alkohol auf uns den gleichen Effekt – Müll zu erzählen!)

José: Ah ja, der Name sagt mir was. (Wie kann es sein, dass mein Bruder schon nach wenigen Wochen cool ist und ich noch immer die totale Loserin?)

Ich: Bist du mit Maud gekommen?

José: Nee. Wir haben uns gestritten und ich wollte mich ablenken. Du siehst übrigens echt hübsch aus heute Abend.

Ich: Danke, das ist nett von dir. Ich fühle mich eher wie das hässliche Entlein!

Er hat total angefangen zu lachen und seine Hand auf meinen Rücken gelegt. Seine Augen haben gefunkelt. Er ist so verdammt hübsch. Marilou, du wärst genauso dahingeschmolzen wie ich. Wie Enrique Iglesias, nur tausendmal süßer (und jünger!).

José: Musst du gar nicht! Wenn ich Single wäre, würd ich total auf dich abfahren.

Zum Glück hat sich das Mädchen, das auf der Toilette war, genau diesen Moment ausgesucht, um wieder rauszukommen. Ich schwöre dir, ich hab keine Ahnung, was ich als Nächstes getan hätte. Ich war knallrot und meine Hände waren klatschnass. Ich bin geradezu ins Bad geflohen und ihm für den Rest des Abends aus dem Weg gegangen.

Nach dem Zwischenfall mit José bin ich in den Garten und hab angefangen, mich mit einem Freund von Edith zu unterhalten, der auf eine andere Schule geht. Er ist erst letztes Jahr nach Montreal gezogen, also hatten wir viel Gesprächsstoff. Das Problem war, dass ich ihm dabei zusehen konnte, wie er in unglaublicher Geschwindigkeit ein Bier nach dem anderen in sich reingeschüttet und immer mehr gelallt hat, bis ich ihn kaum noch verstehen konnte. Bei mir hat hingegen die Wodkawirkung nachgelassen und ich wurde müde. Ich wollte gerade aufstehen und gehen, um meinen Bruder zu suchen, da hat er mich an sich gezogen, um mit mir zu tanzen, und dann hat er sich zu mir gebeugt und mich geküsst! Er hat mich total unvorbereitet erwischt! Ich hab ihn ziemlich heftig weggestoßen.

Ich: Hey! Ich hab einen Freund!
Er: Oh, sorry!

Was für ein Trottel! Für wen hält der sich eigentlich??? Wie kommt er drauf, dass ich wollte, dass er mich küsst? Vielleicht hast du recht, Lou. Alle Typen sind Nullen! Nach *diesem* Zwischenfall mit dem betrunkenen Typen bin ich zu Felix gegangen und hab ihm gesagt, dass ich nach Hause will. Er hat gemerkt, dass ich irgendwie angeschlagen war.

Felix: Was ist passiert?
Ich: Nichts. Ein betrunkener Typ hat versucht, mich zu küssen, ich hab Kopfweh und will nach Hause. Bleib noch, wenn du magst. Ich werde ein Taxi nehmen und daheim nichts erzählen.
Felix: Nö. Ich werde mit dir heimgehen. Ich hab auch genug für heute.

Er hat sich von einer seiner unzähligen Eroberungen verabschiedet und wir sind los. Beim Gehen hab ich José gesehen, aber ich hab mich weggedreht, um seinem Blick nicht zu begegnen. Ich hab absolut keine Lust drauf, zwischen ihm und Maud zu stehen. Ich gehe erst seit zwei Wochen auf diese Schule, und ich glaube nicht, dass es klug wäre, mir direkt das beliebteste Mädchen meiner Stufe zur Feindin zu machen.

Ich weiß, dass es nicht meine Schuld war, aber ich fühle mich trotzdem ein bisschen schlecht für das, was heute Abend passiert ist. Da hab ich Thomas eine krasse Szene gemacht, weil er bei einem Spiel ein Mädchen geküsst hat, und ich lasse mich (es hat immerhin drei Sekunden gedauert, bis ich reagiert hab) von einem Typen küssen, den ich nicht mal kenne! Keine Angst, ich hab nicht vor, ihm davon zu erzählen. Es ist auch so schon schlimm genug. Trotzdem bin ich ziemlich aufgewühlt deswegen. :(

Ich geh jetzt ins Bett, damit ich diesen furchtbaren Tag so schnell wie möglich hinter mir lassen kann! Gute Nacht, ich vermisse dich!

Lea XOX

MANUS BLOG

Füge einen Titel hinzu: Warum ist alles so kompliziert?

Beschreibe dein Problem: Hallo Manu! Heute Abend war ich auf einer Party und ein Typ hat versucht, mich zu küssen. Ich hab ihn weggestoßen, aber er hatte trotzdem Zeit, seine Lippen auf meine zu drücken. Das Problem ist, dass ich einen Freund habe und mich schuldig fühle. Ich weiß, dass es nicht wirklich meine Schuld war, aber ich bin trotzdem total durcheinander. Ich hatte dir ja letzte Woche in einer meiner täglichen Dramageschichten erzählt, dass mein Freund mich vor einer Woche »betrogen« hat, aber ich schwöre, ich wollte mich nicht rächen!

Ich würde so gerne mehr mit meiner BFF reden, aber sie hasst meinen Freund und ich weiß, dass ihre Meinung nicht gerade objektiv sein würde. Außerdem will ich sie nicht ständig mit meinen Liebesproblemen nerven, weil sie gerade alles dafür geben würde, einen Freund zu haben. Ich fühle mich so allein. :(

Lea

Manu beantwortet jede Woche zwei Fragen.
Vielleicht ist ja beim nächsten Mal deine dabei ...

Kapitel 4

Yes, no, toaster

An: Lea_love@mail.com
Von: Marilou33@mail.com
Datum: Sonntag, 13. September, 13:00
Betreff: Sonntage sind einfach ätzend

Sonntage sind einfach ätzend. Erstens erinnern sie uns immer daran, dass am nächsten Tag wieder Schule ist, zweitens ist fast nie gutes Wetter, und drittens ist das der Tag, den ich sonst immer mit dir verbracht hab. :(Das Schwimmbad hat geschlossen, meine Eltern sind mit meinem Bruder einkaufen gegangen und ich hab keine Lust, meine Hausaufgaben zu machen oder mit irgendjemandem zu reden. Gestern Abend war ich mit Steph im Park. Ich hab sie kaum zu Gesicht bekommen, weil sie fast ihre gesamte Zeit mit Seb verbringt, seit die beiden zusammen sind. Laurie kam auch, also sind Seb, Thomas und JP ein paar Minuten später auch aufgetaucht. Ich war ein bisschen traurig. Kann ich nicht einen einzigen Abend alleine mit meinen Freundinnen verbringen, ohne dass ihre Typen auch dabei sind? (Laurie ist nicht offiziell mit JP zusammen, aber Steph denkt, dass er sie bald fragen wird). Sie haben sich zu uns gesetzt und ich hab sofort gespürt, dass Steph sich anders verhält. Ich schwöre, sie macht absolut auf cool, sobald die Jungs da sind! Sowas hab ich bei dir mit Thomas nie bemerkt. Ich fand das so ätzend, dass ich beschlossen hab, wieder nach Hause zu gehen und jetzt, wo ich hier bin, fehlst du mir mehr als jemals zuvor. :(
Bist du bei Jane? Erzähl mir alles!

Lou XOX

An: Thomasrapa@mail.com
Von: Lea_love@mail.com
Datum: Montag, 14. September, 17:22
Betreff: Kann es kaum erwarten, dich zu sehen

Huhu :)

Ich wollte dir nur kurz schreiben, um dir zu sagen, dass ich gerade mit meinen Eltern geredet hab und sie mir erlaubt haben, am Freitagnachmittag vor Thanksgiving die Schule ausfallen zu lassen, damit ich den Bus um 13 Uhr nehmen kann! Ich komme also am 9. Oktober gegen 18 Uhr an und kann einen Abend mehr mit dir und Marilou verbringen!

Es wird ihr bestimmt guttun, dass ich mal zu Besuch komme. Offenbar verbringen deine Freunde all ihre Zeit mit meinen Freundinnen und sie fühlt sich deswegen einsam. Und du, fühlst du dich einsam? Ist bestimmt nicht einfach, jetzt, wo all deine Freunde eine Freundin haben ... Oder vielleicht vermisst du mich ja noch ein wenig mehr? :) Auf jeden Fall können wir drei was zusammen unternehmen. Ich weiß, dass Marilou und du nicht gerade *best friends* seid, aber ich liebe euch alle beide, und ich will mit dir genauso viel Zeit verbringen wie mit ihr, also müsst ihr euch damit abfinden. Natürlich will ich auch Zeit mit dir alleine haben. :)

Schreib mir. (Das ist ein Befehl! LOL!)

Lea XOX

An: Marilou33@mail.com
Von: Lea_love@mail.com
Datum: Montag, 14. September, 18:05
Betreff: Jane

....

Sorry, dass ich gestern nicht mehr auf deine SOS-Mail geantwortet hab, aber als ich nach Hause kam, gab es direkt Abendessen und ich hatte noch tonnenweise Hausaufgaben zu erledigen.

Ich denke, dass du mit Steph reden und ihr sagen solltest, dass du auch mal mit ihr alleine sein willst. Im Moment hat sie wahrscheinlich den Kopf total voll mit Seb, weil sie frisch mit ihm zusammen ist und vermutlich gar nicht daran denkt, dass sie dir vielleicht wehtut. Ich bin übrigens froh zu wissen, dass du diese Frustrationsprobleme mit mir nicht hattest, und ich hab Thomas schon vorgewarnt, dass ich viel Zeit mit dir verbringen werde, wenn ich euch besuchen komme. :)

Gestern war ich kurz nach 14 Uhr bei Jane. Sie wohnt in einem großen roten Backsteinhaus mit Säulen drumherum und einem gigantischen Balkon. Es ist ungefähr so, wie ich mir mein Traumhaus vorstelle! Es gibt drei Etagen und hinten eine Terrasse, die sich zum Garten hin öffnet. Wir haben es uns dort mit einer Kanne voll Saft gemütlich gemacht und angefangen zu arbeiten. Ich schwöre, ich war total nervös und wusste absolut nicht, was mich bei dem Treffen erwarten würde. Auch wenn sie nett zu mir ist, glaube ich nicht, dass ich ihrem üblichen »Typ Freundin« entspreche.

Sie hat angefangen, mir alle möglichen Fragen über mein Leben, den Umzug und Thomas zu stellen und wie ich hier Anschluss finde, und ich muss zugeben, dass ich wirklich überrascht war, wie nett sie ist. Es fühlte sich gut an, mit ihr über mein Leben zu sprechen. Ich hab ihr sogar von der Party letzten Freitag erzählt, und sie schien vor allem erstaunt darüber zu sein, dass José auch dort gewesen ist.

Sie: Ich kann nicht glauben, dass er echt zu der Party gegangen ist. Eigentlich war er mit Maud verabredet, aber wie immer haben sie sich gestritten, und Maud ist nach Hause gegangen. Manchmal glaube ich, dass sie es niemals lernen wird.

Ich: Streiten sie viel?

Sie: Ja. Und ehrlich gesagt, mir geht das echt auf die Nerven. Ich bin es leid, ihre unzähligen Dramen zu ertragen und mir anzusehen, wie sie sich danach wieder versöhnen. Jungs machen alles viel zu kompliziert. Ich hab echt kein großes Interesse an einem Freund.

Ich: Echt nicht?

Sie: Nein. Letztes Jahr hatten alle meine Freundinnen einen Freund und das hat mich unter Druck gesetzt. Ich hab was mit Karl angefangen, einem Freund von José, aber es hat nicht gefunkt zwischen uns. Es war irgendwie krampfig, weil es nur darum ging, es den anderen gleichzutun und auch eine Beziehung zu haben. In Wahrheit denke ich, dass ich deswegen einen kleinen Komplex hatte, weil ich nicht auf dem gleichen Stand war wie meine Freundinnen. Aber so ist sie, die Liebe: viel zu kompliziert.

Ich schwöre, ich war total beeindruckt von ihrer Aufrichtigkeit und wie erwachsen sie ist. Neben ihr kam ich mir vor wie ein kleines Mädchen. Man könnte sagen, dass das alle meine Probleme mit Thomas relativiert. Mache ich mir vielleicht umsonst das Leben schwer? Anschließend haben wir mit unseren Aufgaben angefangen. Ich habe den Text in Französisch formuliert und sie hat ihn dann ins Englische übersetzt, die Grammatik erklärt und mir ein paar Redewendungen beigebracht.

Ich: Es ist echt lächerlich, wie schlecht ich in Englisch bin. Dort, wo ich herkomme, sprechen alle Französisch, außer Touristen.

Sie: Ja, hier sind wir so davon umzingelt, dass wir schon sehr früh damit anfangen müssen, Englisch zu lernen. Meine Eltern haben mich in englischsprachige Zeltlager geschickt, als ich klein war, das hat auch geholfen.

Ich: Ich hab keine Ahnung, wie ich 14 Jahre in einem Schuljahr nachholen soll. Ich muss echt zugeben, dass das bei mir gerade ein wenig Panik auslöst.

Sie: Ich denke, dass es hilft, wenn du dir englischsprachiges Fernsehen und Serien anschaust. Und wenn du Lust hast, können wir uns einmal in der Woche für eine Stunde treffen, in der wir uns dann nur auf Englisch unterhalten. Das hört sich vielleicht ein bisschen blöd an, aber Übung macht wirklich den Meister!

Ich hab ihr Angebot angenommen, und als ich gegangen bin, war ich bepackt mit zwei DVD-Schubern voll amerikanischer Serien zur »Verbesserung meines Hörverständnisses«. So, das war die etwas längere Zusammenfassung meines Tags bei Jane. Ich finde sie wirklich supernett. Heute Morgen hat sie mich sogar gegrüßt, als ich ins Klassenzimmer kam! Sie war im Gespräch mit Maud. Wahrscheinlich hat sie ihr gerade die Geschichte von der Party erzählt. Was für ein Glück, dass ich ihr nicht gesagt habe, dass José mich angemacht hat – damit hätte ich mein Todesurteil unterschrieben!

Ich muss meiner Mutter beim Abendessen helfen. Sie hat genug Gemüse auf dem Jean-Talon-Markt gekauft (ein riesengroßer Markt in der Nähe), um eine ganze Armee zu versorgen, und will, dass ich ihr dabei helfe, Ratatouille zu kochen. (?!?)

Ich hoffe, dass du wieder besser drauf bist, meine Süße. Ich denke ganz viel an dich und vermisse dich noch mehr, als du glaubst! Und red dir nicht ein, dass du ganz allein bist: Ich bin immer für dich da. :)

Lea XOX

An: Lea_love@mail.com
Von: Thomasrapa@mail.com
Datum: Mittwoch, 16. September, 7:22
Betreff: Re: Kann es kaum erwarten, dich zu sehen

Als ich gestern Abend aus der Werkstatt zurückkam, hat meine Mutter mir gesagt, dass du angerufen hast. Cool, dass du am Freitag ankommst. Ich werde versuchen, mir in der Werkstatt freizunehmen.

Ja, die Jungs hängen schon viel mit Steph und Laurie rum, aber mir macht das nicht wirklich was aus. Ich bin ziemlich beschäftigt mit der Arbeit und der Schule und du weißt ja, dass ich mich nicht so sehr in das Leben von anderen einmische.

Ich weiß, dass du Zeit mit Marilou verbringen willst, aber ich spüre, dass sie mich noch mehr verabscheut als früher. Sie findet immer eine Ausrede, um zu gehen, sobald ich auftauche. Ich weiß, dass du ihr alles von uns erzählst und deinen Frust bei ihr ablässt, das ist aber nicht gerade hilfreich. Aber es ist auch normal, weil Marilou deine Freundin ist, nicht meine. Wir können gern was zusammen unternehmen, aber erwarte nicht, dass ich meine Tage mit Shopping verbringen werde, oder damit, mir die Nägel zu lackieren. ;)

Ich hab mich gestern vor der Arbeit mit Sarah getroffen, weil ich morgen einen Mathetest schreiben muss und sicher sein wollte, dass ich ihn bestehe. Das stresst mich wirklich. Ich hoffe, dass du deswegen nicht in Panik verfällst. Ich weiß, dass ich mich wie ein Idiot benommen hab, aber du kannst auch nicht nonstop kontrollieren, was ich tue. Was ich dir sagen will: Ich wünsche mir, dass du mir vertraust. So wie früher, okay?

Thomas

Mittwoch, 16. September

12:03

Lea (online): Hallo! Ich hatte gehofft, dass du online bist. Bist du zum Mittagessen zu Hause?

12:04

Thomas (online): Ja. Ich musste mein Mathebuch holen. Ich kapier gar nichts und das macht mich echt fertig ...

12:06

Lea (online): Es ist ja auch nicht so einfach, ein Fach zu kapieren, das man nicht leiden kann. Und Sarah ist da, um dir zu helfen. Ich sag das ohne Hintergedanken, weil ich wirklich will, dass du das schaffst ... und damit du weißt, dass ich dir vertraue. :)

12:09

Thomas (online): O.K., cool. Danke, Lea. Das war genau, was ich hören wollte. Wo bist du?

Lea (online): Im PC-Raum.
Ich wollte vor dem Mittagessen mit dir reden.
Aber das war es auch schon, was ich sagen wollte ...

12:13

Thomas (online): O.K. Ich muss weg, hab Mathenachhilfe
und muss nach der Schule arbeiten.
Küss dich, *bye!*

An: Mailou33@mail.com
Von: Lea_love@mail.com
Datum: Mittwoch, 16. September, 19:59
Betreff: Egal

....

Hallo!

Wie geht's dir? Gestern am Telefon warst du auf jeden Fall schon besser drauf. :) Ganz bestimmt liegt das daran, dass du dich freust, dass deine BFF dich bald besuchen kommt. ;)

Mir ist gerade alles ein bisschen egal. Heute Morgen kam eine Mail von Thomas, der will, dass ich ihm vertraue und aufhöre, ihn unter Verdacht zu stellen. Ich weiß, dass er recht hat, aber das ist leichter gesagt als getan, nach allem, was passiert ist. Weil ich nicht damit umgehen kann, wenn er sauer auf mich ist, haben wir heute Mittag gechattet, und ich hab sogar so getan, als wäre ich froh über die ganze Hilfe, die Sarah leistet, damit er seinen blöden Mathekurs besteht. Kann er denn nicht seinen Lehrer oder seine Mutter um Hilfe fragen wie alle anderen auch? Ich weiß, dass das nicht gerade nett von mir ist, aber Sarah und ich sind einfach wie Feuer und Wasser. Wir haben uns einfach nichts zu sagen und mir wird sogar schon schlecht, wenn ich nur vorgebe, dass ich sie ein klitzekleines bisschen sympathisch finde! LOL!

Wenigstens läuft es in der Schule gar nicht so schlecht. Gestern war das zweite Treffen mit dem Zeitungsteam. Nach langem Überlegen hat EE (der Ernsthafte Eric) schließlich zugestimmt, dass ich einen ersten Artikel darüber schreiben darf, wie man in einer neuen Stadt und einer neuen Schule Anschluss findet. Ich muss ihn in zwei Wochen für die Ausgabe fertig haben, die vor Thanksgiving erscheint. Ich bin so aufgeregt, dass ich schon mit einem Entwurf angefangen habe! Sobald er fertig ist, werde ich ihn dir schicken, und du sagst mir, was du davon hältst, okay?

Nach dem Unterricht kam Maud zu mir ans Schließfach.

Sie: Hallo, Lea. Kann ich mit dir reden?

Ich: Hallo! Klar, kein Problem … (Meine Stimme hat leicht gezittert. Nicht lachen! Du weißt, dass mich beliebte Menschen leicht einschüchtern.)

Sie: Jane hat mir gesagt, dass du ihr erzählt hast, dass du José auf Ediths Party gesehen hast. War er mit einem Mädchen dort? Hast du irgendwas Verdächtiges bemerkt?

(Ja, er hat mit mir geflirtet und alles angebaggert, was sich bewegt hat!)

Ich: Nein, ich hab nur ein paar Minuten mit ihm gesprochen. Ich bin ziemlich früh wieder gegangen und hab ihn nicht mit einem anderen Mädchen gesehen.

(Memo an mich selbst: Vermeide, in die Beziehung des beliebtesten Pärchens der Stufe reingezogen zu werden, solange du selbst noch den Loserinnen-Status hast.)

Offenbar war meine Antwort zufriedenstellend. Sie hat gelächelt und mich dann ziemlich offensichtlich von Kopf bis Fuß gemustert.

Sie: Jane hat auch gesagt, dass du echt cool bist. Wenn du

Bock hast, kannst du ja mal irgendwann mit uns shoppen gehen. Du könntest ein Umstyling vertragen.

Ich: Äh ... Okay ...

Ich wusste echt nicht, was ich darauf antworten sollte. Einerseits hab ich mich gefreut, dass sie mir angeboten hat, mich ihr und ihren Freundinnen anzuschließen und realisiert, dass diese Gelegenheit mich an die Spitze der sozialen Leiter der Schule katapultieren könnte, aber ihren Style-Kommentar fand ich beleidigend. Was ist denn bitte falsch an *meinem* Style? Okay, er ist eher klassisch und vielleicht nicht so *sexy* wie der ihre, aber das gibt ihr absolut nicht das Recht, mir gleich eine Metamorphose vorzuschlagen!!

Sie hat mich weiter angelächelt und sich dann umgedreht, um sich wieder zu Sophie (die kleine Rothaarige, die immer enge Hosen trägt) und Lydia (die von Natur aus schlank und gebräunt ist. Neben ihr komme ich mir vor wie eine fette Zwergin.) zu gesellen. Diese Clique weckt nicht gerade Vertrauen in mir. Es ist diese Art von geschlossenem Kreis, den alle gleichzeitig anbeten und hassen. Aber mit Jane komme ich sehr gut klar, also hab ich nicht wirklich die Wahl, ob ich zu ihren Freundinnen höflich sein will oder nicht. Vor allem, wenn man weiß, dass es Mädchen sind, die über starke Macht verfügen und deinen Ruf in einem einzigen Augenblick zerstören können. Morgen nach der Schule treffe ich Jane zu unserer ersten Konversationsstunde. Ich bin gespannt! *Yes, no, toaster!*

Lea

An: Lea_love@mail.com
Von: Marilou33@mail.com
Datum: Freitag, 18. September, 21:56
Betreff: FREITAAAAAG!

....

Juhu! Noch eine Woche geschafft! Ich komm gerade aus dem Kino. Ich wollte mit Laurie und Steph dorthin, aber rate mal, wer aufgetaucht ist? JP und Seb haben sich in letzter Minute selbst eingeladen. Ich kam mir vor wie das fünfte Rad am Wagen. LOL! Auch wenn ich nicht gerade eine große Bewunderin von Thomas bin, hätte ich ihn als meine Begleitung vorgezogen. Es war einfach furchtbar. Vor dem Film hab ich gefragt, wo dein Freund sich rumtreibt. JP hat mir gesagt, dass er das ganze Wochenende in der Werkstatt arbeitet. Also: Du musst dir keine Sorgen machen wegen möglicher Liebesszenen mit Sarah! Tatsächlich hab ich sie heute mit Jonathan gesehen und sie sahen superverliebt aus, es muss also wirklich nur ein Gerücht gewesen sein.

Ich bin direkt nach dem Film nach Hause und wollte dir kurz schreiben, bevor ich es mir vor der Glotze gemütlich mache (ja, noch ein Film! Ich werde zur Couchpotato wie du! LOL!). Es läuft eine Wiederholung von *Bride Wars – Beste Feindinnen*. Juhu!
Gute Nacht!

Marilou XX

An: Marilou33@mail.com
Von: Lea_love33@mail.com
Datum: Sonntag, 20. September, 13:11
Betreff: Gähn!

....

Mir ist laaaaangweilig! Ich vermiss dich. :(Seit zwei Tagen sitz ich zu Hause rum und tu gar nichts. Am Donnerstag nach der Schule bin ich mit Jane zum Presse Café (eine Coffeeshopkette in Montreal) und wir haben eine Stunde lang Englisch gesprochen. Am Anfang war ich total schüchtern und hab viel rumgestottert, aber sie hat sich überhaupt nicht über mich lustig gemacht. Sie hat mit solch einer Engelsgeduld meine Fehler korrigiert, dass ich immer sicherer wurde. Irgendwann hat es mich gar nicht mehr gestört, wenn ich einen Fehler gemacht hab! Das war wirklich cool, aber danach musste sie sofort weg zum Tennistraining.

Unsere Unterhaltung hat mich motiviert und ich hab fast das ganze Wochenende damit verbracht, die DVDs zu schauen, die sie mir ausgeliehen hat (mit Untertiteln). Heute Morgen kam mein Vater zu mir ins Zimmer. Ich denke mal, er hat befürchtet, ich würde mit meinem Bett verschmelzen und offiziell zur Larve werden. (Deine zwei Filme nacheinander sind zwar nicht schlecht, aber um auf mein Level zu kommen, hast du noch einen weiten Weg zu gehen!)

Mein Vater: Alles klar, Lea? Wir haben nicht so viel von dir gesehen dieses Wochenende. Was schaust du dir denn an?

Ich: Eine Serie, die mir ein Mädchen aus der Schule ausgeliehen hat, um mein Englisch zu verbessern. Es ist eigentlich wie Hausaufgaben, also ist es nicht so schlimm.

Mein Vater: Na gut ... Es ist schön draußen. Ich glaube, es würde dir guttun, mit deinem alten Vater einen Spaziergang zu machen. Wir könnten zum Jarry-Park gehen. Was meinst du?

Ich konnte nicht wirklich Nein sagen. Ich hab generell nicht viel mit meinen Eltern geredet seit unserer Ankunft in Montreal. Ich weiß, dass sie sich Sorgen um mich machen, aber ich hab keine Lust, ihnen meine Geheimnisse anzuvertrauen oder mit ihnen über meine Gefühle zu sprechen. Und ich hab noch weniger Lust darauf, dass sie mich wieder damit nerven, wie nachteilig doch eine Fernbeziehung ist, oder dass sie mir eine Predigt darüber halten, dass ich zu jung sei für eine feste Beziehung. Ich bin 14 und kein Baby mehr!

Immerhin muss ich mir nicht mehr ihre Lektionen über Verhütung anhören und dass ich doch warten soll, bis ich bereit bin. Thomas ist jetzt so weit weg, dass kein Risiko besteht! Ich spüre, dass sie mir da nicht vertrauen, und das regt mich echt auf. Du weißt ja, dass ich nicht wirklich dazu bereit war, mit Thomas zu schlafen, auch wenn er damals offenbar weitergehen wollte, bevor ich weg bin. Du sagst zwar, dass du weniger Erfahrung hast als ich, aber eigentlich sind wir ziemlich auf Augenhöhe, was das angeht! Der einzige Unterschied ist, dass ich ihm erlaubt hab, meine Brüste anzufassen (und du weißt genau, wie verwirrt ich danach war, es gibt also kein Grund für sie, mir noch mal zu sagen, dass ich nicht dazu bereit bin, weiterzugehen!!!).

Eigentlich wollte ich dir nur erzählen, dass ich mich jetzt

fertigmachen muss, um mit meinem Vater eine Runde durch den Park zu drehen. Ich wollte Felix fragen, ob er mitkommen will, aber meine Mutter hat mir erzählt, dass er mit einer »neuen Freundin« unterwegs ist. Nicht verzweifeln, ich glaube noch immer fest daran, dass ihr eines Tages zusammenkommt (wenn er ein bisschen ernster und weniger blöd geworden ist). ;)

Bis ganz bald!

Lea XOX

PS: Das ist echt uncool von Steph und Laurie, aber ich finde, du solltest mit ihnen darüber sprechen, dass es dich nervt, dass die Jungs immer an ihnen kleben. Und wenn du dir Thomas vorübergehend als Begleitung ausleihen willst, hab ich damit kein Problem! Es ist mir tausendmal lieber, dass er mit dir unterwegs ist als in den Fängen von Hexe Sarah! Muhahaha!

An: Thomasrapa@mail.com
Von: Lea_love@mail.com
Datum: Sonntag, 20. September, 21:11
Betreff: Du fehlst mir

Hallo du!

Ich war heute mit meinem Vater unterwegs und wir haben viel darüber gesprochen, wie ich mich hier eingewöhne. Es hat wirklich gutgetan, mit ihm darüber zu reden. Er hat mir gesagt, dass es normal ist, wenn ich mich am Anfang nicht zurechtfinde, vor allem, weil ich ein Stück meines Herzens zurücklassen musste. Ich weiß nicht warum, aber ich hatte Tränen in den Augen, als er das sagte. Wahrscheinlich, weil du mir fehlst.

Und du? Wie war dein Wochenende? Offenbar hast du viel Arbeit in der Werkstatt. (Marilou hat mir das erzählt, also komm nicht auf den Gedanken, dass ich dir nachspioniere. ;))) Ich will nicht, dass du sauer auf mich bist, aber es wäre schön, wenn du häufiger mit mir reden würdest. Wir unterhalten uns nur einmal oder zweimal pro Woche, und du sagst mir nie, wie du dich fühlst. Freust du dich auf mich? Gefällt dir deine Arbeit? Ich weiß, dass es dir schwerfällt, dich zu öffnen, aber durch die Entfernung hab ich das Gefühl, dich ein wenig zu verlieren, und das macht mich traurig.

Ich muss mir mein Mittagessen kochen und an einem Artikel arbeiten, den ich für die Schülerzeitung schreibe, weil morgen schon Montag ist. :(

Denk ganz fest an dich und liebe dich!

Lea

MANUS BLOG

Füge einen Titel hinzu: Sonntage sind ätzend

Beschreibe dein Problem: Guten Abend Manu! Ich schreibe dir heute, weil es da in mir so viel gibt, was ich keinem anderen sagen kann. Wenn du meine Nachrichten gelesen hast, dann kennst du meine Geschichte schon ein wenig: Ich bin gerade umgezogen, mein Freund ist weit weg, meine Freundin fühlt sich einsam und kann meinen Freund nicht leiden, ich bin eine Loserin etc.

Heute habe ich mich mit meinem Vater unterhalten und ich habe realisiert, dass ich nicht zurückkehren werde und der Umzug endgültig ist. Seit sie mir letzten April gesagt haben, dass wir umziehen werden, habe ich mich irgendwie an die Hoffnung geklammert, dass ich es schaffen würde, sie davon zu überzeugen, nicht zu gehen oder wieder zurückzukommen, aber jetzt ist mir klar, dass das niemals passieren wird. Ehrlich, ich bekomme auch langsam Angst, dass meine Beziehung das nicht aushalten wird. Ich liebe Thomas so sehr, aber er ist seit einigen Wochen irgendwie abwesend: Er vertraut mir nicht mehr, er sagt mir nicht mehr so oft, dass er mich liebt, und gibt mir kaum noch Lebenszeichen. Ein Glück, dass ich ihn bald sehen werde … Das wird helfen, mir über alles klar zu werden.

So, das war's. Ich musste das einfach loswerden und ich weiß, dass ich nicht in der Lage bin, das woanders als hier zu tun. Du bist ein bisschen so etwas wie mein Tagebuch, Manu, und auch wenn du mir nicht antwortest, weiß ich, dass du mir zuhörst. :)

Lea

Manu beantwortet jede Woche zwei Fragen.
Vielleicht ist ja beim nächsten Mal deine dabei …

An: Lea_love@mail.com
Von: Marilou33@mail.com
Datum: Donnerstag, 24. September, 15:25
Betreff: ERDE AN LEA!

....

ERDE AN LEA! ERDE AN LEA! Deine BFF, Marilou, versucht dich seit Montag zu erreichen! Ich hab gestern deine Nachricht auf meinem Anrufbeantworter gehört. Du klangst echt down. Was ist los? Machen dir die coolen Chicks aus deiner Schule das Leben schwer? Werden deine Englischnoten noch immer nicht besser? Läuft es nicht mit Thomas? Ich weiß nicht warum, aber irgendwas sagt mir, dass er vielleicht das Problem sein könnte.

Ich kann mir vorstellen, dass du dich vielleicht nicht traust, mich nach Neuigkeiten zu fragen, weil du mich nicht damit nerven willst, aber ich kann nicht mit ansehen, dass du so aufgewühlt bist, also hab ich mal die Initiative ergriffen. ;) Ich hab ihn diese Woche ein paar Mal auf dem Flur gesehen, aber ich habe nichts zu berichten, außer dass er mit Sarah Bernard und seinen Mathebüchern an einem Tisch gesessen hat. Sie haben sich zwar unterhalten, aber es gab da keinen Körperkontakt! Ganz nebenbei, die ganze Schule redet nur über »Sarathan«, also glaube ich nicht, dass du dir darum Sorgen machen müsstest.

Schreib mir heute Abend, okay? Ich fange an, mir ernsthaft Sorgen um dich zu machen!

Lou XOX

An: Marilou33@mail.com
Von: Lea_love@mail.com
Datum: Donnerstag, 24. September, 22:10
Betreff: Piep!

Sorry, Lou. Ich bin nicht nur superbeschäftigt mit meinen Hausaufgaben, meinen Prüfungen und meiner Arbeit, sondern ich hatte auch noch zwei Treffen mit dem Zeitungsteam, eine intensive Konversationsstunde mit Jane und zweimal heftig Streit mit meinem Bruder. Er geht mir so verdammt auf die Nerven mit seiner selbstgefälligen Art. Er muss nur mit den Wimpern klimpern und meine Eltern geben ihm einfach alles, was er will. Warum verfällt jeder seinem Charme? Sogar du hast dich von ihm einwickeln lassen! Ich verstehe nicht, warum ihr ihn alle so unwiderstehlich findet!

Mit Jane läuft es gut und langsam, aber sicher verstehe ich immer mehr von dem, was unser Lehrer im Unterricht erzählt, aber ich bin noch nicht in der Lage, meine Hausaufgaben ohne ihre Hilfe zu erledigen. Ich fühle mich schlecht dabei, sie jeden zweiten Tag zu bitten, mir dabei zu helfen, wenn wir einen Essay schreiben müssen, aber sie hat mir gesagt, dass das für sie okay ist und ich ihr dabei helfe, Punkte für außerschulische Aktivitäten zu sammeln.

Ich: Was ist das denn?

Sie: Bis zum Ende der Sec müssen wir 15 Punkte für Aktivitäten und ehrenamtliche Tätigkeiten sammeln, die außerhalb der Schule stattfinden. Also mach dir um mich keine Sorgen, du bist supernützlich.

Sie hat mich angelächelt und mir einen freundschaftlichen Rempler gegeben, um mir zu zeigen, dass es nur ein Scherz war. Anschließend hat sie mir erzählt *(in English, yes, ma´am)*, dass sie Tennis spielt, seit sie fünf ist, und außerdem Violine spielt. Ich konnte es kaum glauben! Ich schwöre, wenn du sie sehen würdest, du würdest niemals auf den Gedanken kommen, dass sie eines dieser Mädchen ist, das Violine spielt, gute Noten in der Schule hat und ihre Freitagabende auf dem Tennisplatz verbringt! Nach einer Stunde hab ich sie gefragt, ob sie Lust hat, einen Kaffee trinken zu gehen und unser Gespräch auf Französisch fortzusetzen.

Ich: Und die anderen Mädchen, kennst du die schon lange?
Sie: Ich war mit Maud, Sophie und Marianne in der Grundschule. Marianne ist für zwei Jahre nach Vancouver gezogen und gerade zurückgekommen. Die anderen habe ich im ersten Jahr hier auf der Schule kennengelernt. Ich weiß, dass sie nicht gerade die offensten Menschen auf der Welt sind, aber es ist das Beste, dich nicht von ihnen einschüchtern zu lassen.

Das ist gut zu wissen. Das nächste Mal, wenn ich mit José zu tun habe, versuche ich mich zu behaupten, aber dann ohne Wodka! LOL!
Ich habe bislang keine Tickets für Justin Bieber bekommen. :(Sie waren in Sekunden ausverkauft, aber meine Eltern haben mir versprochen, sich bei ihren Kollegen und

Freunden umzuhören und zu versuchen, mir welche zu besorgen.

Danke für deinen Thomas-Bericht. Ich war ihm diese Woche nur schäbige fünf Zeilen wert:

»Hallo Lea. Sorry. Ich weiß, dass ich dir zurzeit nicht viel schreibe, aber ich bin total beschäftigt. Mein Onkel hat mir so viele coole Sachen in der Werkstatt erklärt und jetzt muss ich beweisen, was ich kann. Muss weg, aber ich denk an dich! Thomas XX«

Am Wochenende war ich echt traurig, weil ich fühle, dass er sich von mir entfernt und weil ich denke, dass ich vielleicht dabei bin, ihn zu verlieren. Ich hab sogar Manu davon erzählt! LOL! Aber jetzt werde ich wütend. Ist es denn zu viel verlangt, deiner Freundin ein Lebenszeichen zu geben und ihr zu zeigen, dass sie dir wichtig ist?! Ich weiß, ich sollte das nicht tun, aber ich frage mich trotzdem, worüber er sich mit Sarah unterhält. Vielleicht weiß er nicht, wie er mir gegenüber seine Gefühle ausdrücken soll und es fällt ihm mit ihr leichter, weil sie älter ist als ich. Ich komme mir gerade echt vor wie ein kleines Kind.

Übrigens versuche ich, die erste Fassung meines Artikels fertig zu bekommen und dir am Wochenende zu schicken. Du weißt, wie wichtig mir deine Meinung dazu ist!

Ich vermisse dich und kann es kaum noch erwarten, dich zu sehen!!

Lea XOX

An: Lea_love@mail.com
Von: Marilou33@mail.com
Datum: Freitag, 25. September, 11:36
Betreff: Motivationsmail

....

Hallo!

In einer halben Stunde habe ich Schwimmtraining und weil ich keine Lust hab, mit gleich zwei Pärchen zu Mittag zu essen, hab ich beschlossen, mich mit den Nerds in den PC-Raum zu verkriechen, um dir zu antworten! Du siehst, auch ich hab meine pathetischen Momente. LOL!

Meine liebe Lea, ich werde direkt zum Punkt kommen: Ich habe deine Mail gelesen (vor allem das Ende), und ich erkenne dich kaum wieder. Warum lässt du dich so von Thomas beeinflussen? Ist dir klar, wie sehr du dich selbst infrage stellst, seit du mit ihm zusammen bist? Ich sage dir das nicht, weil ich glaube, dass du Besseres verdienst (obwohl das auch stimmt :S), sondern weil ich mich weigere, mitanzusehen, wie meine beste Freundin sich geschlagen gibt, ohne etwas dagegen zu tun. Du bist kein Kind mehr und brauchst nicht wegen eines Trottels aus der Sec 4 an dir selbst zu zweifeln. Wenn Thomas kapieren würde, was er für ein Glück hat, mit einem Mädchen wie dir zusammen zu sein, würde er aufhören, sich wie ein Idiot aufzuführen, sondern dich wie eine Prinzessin behandeln. Ich bin bereit, dich zu unterstützen, wenn du dich dafür entscheiden solltest, bei ihm zu bleiben, aber ich kann nicht ertragen, dich so zu sehen wie jetzt.

Die Wahrheit ist, dass **er** dich betrogen und wie Dreck behandelt hat, seit du weg bist, aber dass **du** diejenige bist, die das zulässt, die sich ständig bei ihm entschuldigt und ihm noch mal eine neue Chance gibt. Er nutzt dich aus und das macht mich wütend! Ich bin ihm im Treppenhaus begegnet, konnte mich echt nicht zusammenreißen und hab ihn mit »Idiot« angesprochen!

Bitte sei nicht böse auf mich, weil mein Temperament so mit mir durchgegangen ist. Du kennst mich ja, mein Sternzeichen ist immerhin Widder. Ich glaube, dass eure Vorgeschichte dich ein bisschen blind macht und dir nicht klar ist, wie wunderbar du bist. Auch ohne die Sache mit Thomas ist es ja schon hart genug für dich, aus deiner gewohnten Welt gerissen zu werden und wieder bei null anfangen zu müssen. Ich war immer ehrlich zu dir und ich glaube, dass es meine Aufgabe ist, dir zu sagen, dass du ein wunderbarer Mensch bist, Lea! Lass dich nicht derart von so einem Typen verunsichern!

Das war meine kleine Motivationsansprache für heute! LOL. Was hast du fürs Wochenende geplant? Meine Mutter will am Samstag nach Quebec fahren und in der Stadt shoppen gehen, und ich werde wohl mitkommen. Es wird schön sein, aus unserem Kaff rauszukommen und eine Pause zu haben von all diesen Pärchen und den nervigen Leuten, die denken, dass sie sich alles erlauben können. (Räusper … Nein, nein, ich hab dabei nicht an Thomas gedacht!)

Die Nerds schlagen sich schon um meinen PC und ich muss zum Training … Drück dich!

Lou XOX

An: Thomasrapa@mail.com
Von: Lea_love@mail.com
Datum: Freitag, 25. September, 19:20
Betreff: Ich warte...

....

... Ich warte jetzt seit 17 Uhr auf deinen Rückruf! Brauchst
du ernsthaft zwei Stunden zum Abspülen? Ich dachte, vielleicht hast du mich ja vergessen, also hab ich es vor einer
halbe Stunde noch mal versucht, aber deine Mutter war in
der anderen Leitung.

An: Lea_love@mail.com
Von: Thomasrapa@mail.com
Datum: Freitag, 25. September, 19:42
Betreff: Re: Ich warte ...

....

Es tut mir leid. Nach dem Abspülen wollte meine Mutter,
dass ich einige Sachen im Haus repariere. Danach hat sie
das Telefon in Beschlag genommen, um mit ihrem neuen
Freund zu sprechen, und sie streiten sich seit einer Stunde.
Ich mach mich jetzt auf den Weg zum Park und treffe mich
dort mit JP. Ich schreibe dir, bevor ich ins Bett gehe.

Thomas

An: Marilou33@mail.com
Von: Lea_love@mail.com
Datum: Samstag, 26. September, 08:17
Betreff: Du hast recht

....

Ich habe deine Mail ungefähr sechsunddreißigmal gelesen, weil ich denke, dass mein Verstand (oder mein Herz) einfach nicht verstehen wollte, was du mir da sagst ... aber nachdem ich eine Nacht drüber geschlafen hab, denke ich, dass du recht hast.

Gestern Abend hab ich Thomas angerufen. Ich denke, ich wollte mir beweisen, dass du falsch liegst und alles nur daran liegt, dass wir seit einem Monat so weit voneinander entfernt sind. Aber es war besetzt und er hat mich nicht mehr zurückgerufen. Er hat mir gegen 20 Uhr kurz geschrieben, dass er jetzt rausgeht und mir schreibt, wenn er wieder zurückkommt. Ich komm mir echt bescheuert vor, weil ich bis 2 Uhr morgens alle fünf Minuten meine Mails gecheckt hab in der Hoffnung, dass er mir schreibt, bis mir dann klar geworden ist, dass das wohl nicht mehr passieren würde. Ich weiß ja, dass er seine Versprechen nicht einhält und sich nicht so um mich kümmert, wie er sollte, aber es ist echt hart, mir das selbst einzugestehen und es auch zu akzeptieren.

Keine Sorge, ich bin nicht sauer auf dich, Lou. Ich denke, dass ich an deiner Stelle das Gleiche gemacht hätte. Ich hätte dir geraten, aufzupassen, weil dieser Typ dir nicht genug Aufmerksamkeit schenkt. Es ist nur so verdammt schwer, mir selbst darüber klar zu werden, dass er mich nicht so sehr liebe wie ich ihn, und dass er vielleicht nicht der Richtige für mich ist. Ich klammere mich an ihn, als ob es um mein Leben ginge. Er steht für meine Vergangenheit, meine Heimat und mein altes Leben, und ich weiß nicht, ob ich stark genug bin, dieses Band zu zerreißen und selbst klarzukommen. Ich weiß nicht, ob du das nachvollziehen kannst … Er ist ein bisschen wie meine Wurzel. Ich fühl mich so einsam, Lou. Der Gedanke, nicht mehr mit ihm zusammen zu sein, ist schlimmer als alles andere.

In zwei Wochen werde ich da sein, also bringt es jetzt nichts, irgendwas zu überstürzen. Ich werde es selbst sehen und entscheiden können, wenn ich euch besuchen komme.

Lea XOX

An: Lea_love@mail.com
Von: Marilou33@mail.com
Datum: Samstag, 26. September, 10:04
Betreff: BFF

Ich versteh dich total! Ich weiß, ich stecke gerade nicht in deiner Haut, aber ich kann mir vorstellen, dass es furchtbar sein muss, von hier wegzumüssen, alles hinter dir zu lassen und mitten in der Sec 3 in einer Großstadt neu anzufangen. Ich weiß auch, dass du dich mit Thomas weniger allein fühlst, aber ich denke ernsthaft, wenn er deine Wurzel ist, dann ist die gerade dabei zu verrotten und dich zu behindern.

Nimm dir Zeit, Lea. Wie du sagst, du wirst bald hier sein und du kannst selbst beurteilen, ob ihr euch noch liebt und ob du bei ihm bleiben willst oder ob du einen Schlussstrich ziehst. Aber was auch immer geschieht, du bist nicht allein! Ich bin da! Ich könnte deine Wurzel sein, wenn du willst! Und ich werde alle gefährlichen Tierchen davon abhalten, dich anzukrabbeln und dich zu verletzen! Dafür sind *BFF*s da. :)

Lou XOX

An: Marilou33@mail.com
Von: Lea_love@mail.com
Datum: Samstag, 26. September, 18:19
Betreff: Artikel
1 Anhang: Erster Artikel für die Schülerzeitung

....

Danke für dein Angebot als Kammerjägerin! LOL! Du hast es geschafft, mich zum Lachen zu bringen, das hat mir sehr gutgetan! Obwohl ich müde bin, habe ich versucht, den Artikel für die Zeitung fertig zu bekommen. Ich hab ihn dir angehängt. Bitte sag mir, was du davon hältst, okay?

Meine Eltern haben natürlich mein verquollenes Gesicht und die Augenringe gesehen und ich denke, sie spüren, dass es mit Thomas nicht gut läuft. Meine Mutter hat heute Morgen an meine Tür geklopft. Sie klang, als wäre ihr das irgendwie unangenehm:

Sie: Liebling, kann ich dich für zwei Minuten stören?

Ich: Ja, aber nicht länger. Ich will meinen Artikel fertig schreiben.

Sie: Alles okay? Du siehst aus, als ob dich was bedrücken würde.

Ich: Ja, geht mir gut. (Stille.)

Sie: Und mit Thomas?

Ich: Okay. Es ist nicht einfach mit der Entfernung und er ist sehr beschäftigt, deshalb kommen wir nicht so oft dazu, miteinander zu reden.

Sie: Wir wollen nur, dass du glücklich bist, Lea. Das weißt du. Ich will nicht, dass du denkst, dass du nicht mit mir darüber reden kannst. Wenn dich was bedrückt, kannst du immer zu mir kommen, okay?

Ich: Hm ...

Ich wusste nicht, was ich sagen soll. Ist ja klar, dass sie sich Sorgen macht, wenn ich traurig bin, aber ich hatte absolut keine Lust, mit ihr darüber zu reden. Ich wollte an meinem Schmerz festhalten und das Gefühl als Inspiration für meinen Artikel nutzen. Ein Lächeln hat sie dann doch noch von mir bekommen, weil sie mir vorgeschlagen hat, uns alle zu Sushi einzuladen! Sogar Felix kommt mit. Jetzt warten sie schon unten auf mich, und ich brauche dringend ein wenig Make-up, damit die Leute auf der Straße mich nicht mit einem Zombie verwechseln. LOL!

CU

Lea XOX

Anhang:

A wie Ankommen

In der Vierten kam ein neues Mädchen in unsere Klasse. Sie hieß Marie und war sehr schüchtern. Sie war nicht aus unserem Dorf und kannte niemanden. Ich verstand nicht, warum es für sie so schwierig war, andere anzusprechen, und warum sie immer alleine herumstand. Ich fragte meine Mutter und sie sagte zu mir: »Das ist normal, Lea. Marie versucht gerade, sich in eine neue Umgebung hineinzufinden. Lass ihr Zeit dabei, anzukommen.«

Ich glaube, dass ich sie nie richtig verstanden habe. Bis zu diesem Sommer, als ich mit meiner Familie mein Dorf und das Haus meiner Kindheit verlassen habe und nach Montreal gezogen bin. Keiner, der das nicht selbst erlebt hat, kann nachvollziehen, wie schwierig es ist, wenn einfach alles neu ist. Wenn ich an Menschen denke, die in ein anderes Land auswandern, die ihre Nationalität ändern und eine neue Sprache lernen, dann kann ich das nur bewundern! Im Gegensatz zu ihnen habe ich es fast leicht. Immerhin leben meine Freunde nur ein paar Hundert Kilometer von mir entfernt, und ich musste weder meine Traditionen noch meine Kultur aufgeben.

Natürlich unterscheidet sich Montreal sehr von dem Ort, aus dem ich komme. Es ist groß, es ist laut, es ist zweisprachig, es ist multikulturell und lebendig. Hier ist immer etwas los! Es ist eine Stadt, die offen ist für alle, die anders sind, und die Neuankömmlinge mit offenen Armen willkommen heißt.

Ankommen bedeutet zu akzeptieren, dass du aus deiner gewohnten Umgebung gerissen wirst und wieder bei null beginnen musst. Es bedeutet auch, Risiken in Kauf zu nehmen, indem du dich anderen Menschen und Dingen gegenüber öffnest, die dir fremd sind, ohne dabei voreilige Urteile zu fällen. Du musst den Menschen Zeit lassen, sich an dich zu gewöhnen, ohne sie zu sehr zu drängen, und dabei ihre Umgebung respektieren. Du musst achtsam sein und versuchen, keine Fehler zu machen. Und manchmal musst du viel zurücklassen, um irgendwann vielleicht sogar mehr zu gewinnen.

Lea Olivier, Klasse 34

An: Lea_love@mail.com
Von: Marilou33@mail.com
Datum: Samstag, 26. September, 20:40
Betreff: Bravo

Wow! Das ist wirklich ein richtig guter Text, Lea. Ich bin mir sicher, dass dein Zeitungsteam absolut begeistert sein wird und dich sogar die Coolsten in deiner Schule bewundern werden! LOL! Ernsthaft, das hat mich sehr berührt.

Versprich mir, dass ich dabei sein darf, wenn du dann als berühmte Journalistin überall in der Welt herumreist und von den Top-Storys berichtest. ;)

Lou XX

MANUS BLOG

Füge einen Titel hinzu: Angst vor Verurteilung

Beschreibe dein Problem: Hallo Manu! Ich habe gerade meinen ersten Artikel für die Schülerzeitung geschrieben und wirklich Angst, dass er den Leuten nicht gefällt. Ich habe auf mein Herz gehört und war sehr ehrlich, aber ich muss trotzdem die ganze Zeit daran denken, dass die anderen mich für das verurteilen, was ich geschrieben habe. Ich will nicht noch mehr zur Loserin werden und ich mag es auch nicht, im Mittelpunkt zu stehen. Ich hab Probleme mit meinem Selbstbewusstsein und ich weiß genau, dass es noch schlimmer wird, wenn die Leute mich nicht kennen! Kannst du mir irgendwelche Tricks verraten, wie ich diese Angst überwinden kann?
Lea

Manu beantwortet jede Woche zwei Fragen.
Vielleicht ist ja beim nächsten Mal deine dabei …

Kapitel 5

Lea lässt sich treiben

Montag, 28. September

09:28

Thomas (online): Bist du da?

09:28

Lea (online): Ja. Heute ist zwar Lehrer-Fortbildungstag, aber ich hab tausend Dinge zu erledigen. ☹

09:30

Thomas (online): Wir haben auch frei.
Das ist echt gut, weil ich ein bisschen platt bin.
Ich arbeite gerade viel. Endlich mal chillen.

09:30

Lea (online): Cool!

09:3I

Thomas (online): Sorry, dass ich am Wochenende nicht zurückgerufen hab. Mein Zeitplan ist echt zu voll. Aber das ist O.K., weil wir uns ja bald wiedersehen ...

09:31

Lea (online): Ja, das stimmt.

09:31

Thomas (online): Bist du beschäftigt?
Kommt mir so vor, als würd ich dich stören.

09:32

Lea (online): Du störst mich nicht,
aber ich hab superviele Hausaufgaben
und heute Nachmittag geh ich zu Jane,
ein Mädchen aus der Schule,
die mir Englischnachhilfe gibt.

09:32

Thomas (online): O.K., aber du klingst genervt.
Bist du sauer?

Lea (online): Nein, ich bin nicht »sauer«.
Ein bisschen gestresst, das ist alles …
Ich würde lieber real mit dir reden.
Kann ich dich anrufen?

Thomas (online): Warum gestresst?
Du hast echt ein Händchen dafür,
dir das Leben schwer zu machen, Lea Olivier!
Ich kann jetzt nicht mit dir telefonieren …
Ich treff mich mit Sarah. Mein Mathetest war nicht so toll.
Sie muss mir helfen, für die Nachholprüfung zu lernen.

09:35

Lea (online): O.K., viel Spaß beim Lernen …
Ich hoffe, du schaffst das. ♥ U. XX

An: Lea_love@mail.com
Von: Annie_Sunshine@mail.com
Datum: Montag, 28. September, 11:27
Betreff: Re: Mein Artikel

Hallo Lea!

Ich habe deinen Artikel gelesen und finde ihn klasse! Ich habe ihn direkt an Eric weitergeleitet. Mach dir nicht zu viele Sorgen seinetwegen. Wie ich dir schon gesagt hab, er spielt gern den harten Kerl, aber er erkennt ein Talent, wenn er eins sieht. Und glaub mir, du bist talentiert!
Essen wir morgen zusammen?

Annie

Dienstag, 29. September

19:03

Lea (online): Huhu! Bist du da?
Ich hab zwei Minuten, um mit dir zu reden,
bevor mein Bruder kommt. Er hilft mir
bei den Mathehausaufgaben.
(Zu irgendwas muss er ja gut sein!)
Ich weiß, dass ich gestern ein bisschen schräg war,
aber heute geht's mir besser.

19:04

Thomas (online): Ja, ich versuche gerade,
meine Hausaufgaben zu machen,
aber jeder ist online und
ich kann mich nicht konzentrieren.

19:05

Lea (online): LOL! Kann ich verstehen.
Freust du dich schon auf mich? :))))

19:05

Thomas (online): Na klar, aber ich hab so viel zu tun,
dass ich kaum darüber nachdenken kann.

19:06

Lea (online): Na ja, ich zähl die Tage, die Minuten und sogar die Sekunden! Ich kann es kaum erwarten, dich wieder in die Arme zu schließen.
Ich hoffe, dass du am Freitag frei bekommst ... :)

19:07

Thomas (online): Ja ... Aber verlass dich noch nicht zu sehr darauf. Hier kommt der Schnee früher als in Montreal und wir haben schon Aufträge für Winterreifen.

19:08

Lea (online): Oh ... ☹ Können sie nicht warten, bis es das erste Mal Schnee gibt, so wie meine Eltern? Na gut, ich muss weg. Felix ist gerade reingekommen und ich will nicht, dass er meinen Chat sieht.

19:11

Thomas (online): O.K., frohes lernen.

19:12

Lea (online): Liebst du mich?

19:12

Thomas (online): Boah Lea, ja ... Geh lernen!

An: Marilou33@mail.com
Von: Lea_love@mail.com
Datum: Mittwoch, 30. September, 18:02
Betreff: 10 Tage!

....

Noch 10 Tage, dann sehen wir uns!! Juhu! Bis dahin hab ich zwei Tests und muss drei Arbeiten abgeben, also wird die Zeit superschnell rumgehen!

Annie hat Eric meinen Artikel weitergeleitet. Er hat ihn korrigiert und wir haben uns heute Mittag getroffen, damit ich die Endversion lesen konnte. Ich muss zugeben, dass ich ziemlich stolz bin, weil er beschlossen hat, ihn als Leitartikel in die nächste Ausgabe aufzunehmen.

Er hat mir sogar vorgeschlagen, einen zweiten Artikel für die Novemberausgabe zu schreiben! Ich habe ihm gesagt, dass ich darüber nachdenken werde. In Wahrheit will ich erst wissen, ob mein erster Artikel gut ankommt, bevor ich den nächsten schreibe. Eli hat mir gesagt, dass ich mit der Arbeit bei der Schülerzeitung 5 Punkte für außerschulische Aktivitäten sammeln kann!

Ich mag es sehr, mit ihm, Julie und Annie zu Mittag zu essen. Sie sind total neugierig und ich hab das Gefühl, jedes Mal etwas zu lernen, wenn ich mit ihnen zusammen bin. Nach meinem Treffen mit Eric heute Mittag bin ich wieder zu ihnen in die Cafeteria. Auf dem Weg hab ich Jane Hallo gesagt, die bei Maud, José, dessen Freunden Alex und Karl, Sophie, Lydia, Marianne und Katherine am Tisch saß. Sie fragte, ob ich mich für ein paar Minuten zu ihnen setzen mag.

Ich: Ich hab es ein bisschen eilig. Ich hab den Leuten von der Schülerzeitung versprochen, zu ihnen zu kommen.

Jane: Ah, okay. Du kannst ja später noch mal vorbeikommen, wenn du willst.

Maud: Du bist bei der Schülerzeitung? (Sie klang ein wenig irritiert.)

Ich: Ja. Ich hab gerade einen Artikel für die nächste Ausgabe eingereicht.

Alex: Das ist cool. Ich bin gespannt drauf, ihn zu lesen! (Das ist das erste Mal, dass er mit mir geredet hat. Auch er sieht total gut aus. Genauso ein Draufgänger wie José, aber er kommt mir aufrichtiger vor!)

Ich: Es geht darin um mein Ankommen in Montreal. Ich denke, er ist ganz gut geworden.

Maud: Hmmmm. Wie schön …

Dann hat sie sich lächelnd zu José umgedreht, als wäre ich echt eine Loserin oder als ob ich irgendwas total Lächerliches gesagt hätte. Jane hat mich angesehen und die Augen verdreht, wie um mir zu sagen, dass Maud mir egal sein kann. Ich verstehe echt nicht, was das soll! Was ist ihr Problem? Ist es ein Störfaktor in ihrem perfekten Leben, wenn ich bei der Schülerzeitung mitmache? Argh! Das Schlimme an der Sache ist, dass mich ihre Reaktion tatsächlich aus der Ruhe bringt. Es wäre schön, wenn mich ihre Launen kalt lassen würden, aber ich bin noch nicht so sicher hier in der neuen Schule, dass mir ihre Meinung egal sein könnte. Ich hab Jane und Alex Tschüss gesagt und bin rüber zu meinen »Freunden« von der Zeitung.

Annie: Wow, ich bin beeindruckt! Du bist mit den Coolen befreundet.

Ich: Pfff! Ganz bestimmt nicht! Ich verstehe mich gut mit Jane und sie hilft mir in Englisch, und ich finde Alex sympathisch (und süß, muss ich sagen), aber ich glaube nicht, dass mich Maud in ihr Herz schließen wird.

Julie: Maud schließt niemanden in ihr Herz, abgesehen von José und sich selbst. Du musst dir echt keine Gedanken darüber machen, was sie denkt.

Annie: Oder dass du sie in den Schatten stellst, was das Schreiben angeht! Schließlich wissen wir ja, was letztes Jahr passiert ist.

Ich: Was denn?

Annie: Maud und ich haben beide an einem Schreibwettbewerb für den Schulrat teilgenommen. Ich hab den ersten Platz belegt und ihr Text wurde nicht ausgewählt. Sie ist echt eine schlechte Verliererin, also hat sie alles versucht, um mir das Leben zur Hölle zu machen. Sie hat mich bei jeder Gelegenheit beleidigt und sich die ganze Zeit vor den anderen über mich lustig gemacht.

Ich: Puh. Wie hast du sie dazu gebracht, damit aufzuhören?

Annie: Das hier ist die Secondaire, Lea. Sowas passiert hier ständig! Maud hat mich in Ruhe gelassen, nachdem sie herausgefunden hatte, dass Katherine José auf einer Party geküsst hat. Sie hat also einfach entschieden, ihre bösen Kräfte besser auf Katherine zu richten statt auf mich.

Ich: Aber sind sie heute nicht gute Freundinnen?

Julie: Ja, weil Maud ein Auge auf Katherines Freund geworfen hat, um sich an ihr zu rächen!

Ich: Wer war denn ihr Freund?

Annie: Du sitzt direkt neben ihm.

Ich: Du, Eli?! Du warst mit Katherine zusammen?

Eli: OMG, Lea. Kein Grund, so erstaunt zu sein! Sooo abstoßend bin ich nun auch wieder nicht! (Er lacht.)

Ich: Nein, nein, so hab ich das nicht gemeint. Ich kann mir dich nur schwer mit irgendeinem Mädchen aus dieser Clique vorstellen.

Ich hab mich umgedreht und Katherine beobachtet. Sie ist auch hübsch. (Vermutlich ist das eines der Kriterien, um Teil dieser Clique zu sein.)

Sie sieht aus wie Schneewittchen mit ihrer blassen Haut, den pechschwarzen Haaren und den großen, mandelförmigen braunen Augen. Sie scheint lustig und nett zu sein. Vielleicht hab ich auch sie ein wenig zu schnell in eine Schublade gesteckt.

Julie: Du kennst aber noch nicht den schlimmsten Teil der Geschichte! Als Maud erfahren hat, dass Katherine und José sich geküsst haben, ist sie zu Eli gegangen und hat es ihm erzählt, damit auch er die Wahrheit weiß …

Eli: Lass mich das erzählen! Ich war wirklich verliebt in Katherine und es hat mich sehr verletzt, dass sie mit mir Schluss gemacht hat. Nach der Schule bin ich zusammen mit Maud in den Park und wir haben uns gegenseitig bemitleidet … und dann hat sie mich geküsst.

Ich: Wow! Das ist ja wie bei 90210! Wie hast du reagiert?

Eli: Zuerst hab ich sie weggestoßen. Ich hab ihr gesagt, dass das nicht richtig wäre. Aber sie hat sich an mich geschmiegt und gesagt, dass die anderen genau das Gleiche getan hätten. Ich hab mich verführen lassen …

Annie: Danach ist Maud sofort zu Katherine und hat ihr erzählt, was passiert ist. Ein Riesenstreit direkt bei den Schließfächern. Es ging knapp eine Stunde lang, aber am Ende haben sie sich dann vertragen. Maud war zwei Monate später wieder mit José zusammen, aber die Beziehung von Eli und Katherine hat diesen Sturm nicht überlebt.

Eli: Nein. Und wir haben seitdem nicht wirklich viel miteinander geredet. Wir lächeln uns zu, wenn wir uns auf dem Flur begegnen, aber das ist alles. Wir sind nicht mehr ineinander verliebt und ich glaube auch nicht, dass wir wieder Freunde werden könnten wie vorher.

Diese Geschichte hat mich echt geschockt. Man könnte sagen, dass ich Eli jetzt mit anderen Augen betrachte. Er ist nicht nur der Typ, der mit allen gut auskommt und bei allen möglichen Aktivitäten in der Schule mitmacht. Er ist auch jemand, der einmal mit einem sehr beliebten Mädchen zusammen war, und dessen Herz gebrochen wurde. Denk jetzt nicht, dass ich auf ihn stehe oder so! Aber wenn mein Herz frei wäre, wäre er *vielleicht* auf meiner Liste potenzieller Kandidaten. LOL!

Leider ist mein Herz aber nicht frei: vielmehr gibt es große graue Flecken darin. Es läuft nicht wirklich besser mit Thomas. Ich spüre, dass er mir aus dem Weg geht. Er ist kühl zu mir und ich weiß nicht, wie ich damit umgehen soll. Wie du sagst, werde ich selbst beurteilen müssen, ob da noch etwas zwischen uns ist, wenn er vor mir steht.

Und du? Was geht ab in unserem Superkaff? Klebt Steph

immer noch an Seb? Ich brauche Nachrichten von dir! Ich vermiss dich!

Lea XOX

An: Lea_love@mail.com
Von: Marilou33@mail.com
Datum: Donnerstag, 01. Oktober, 20:00
Betreff: Klappe Cedric, die zweite

Du wirst niemals erraten, was passiert ist! Nach der Schule war ich mit meinen Eltern und meinem Bruder einkaufen. Ich war gerade dabei, Tomaten auszusuchen, als mir jemand auf die Schulter tippt ... Cedric! Er stand plötzlich vor mir. Ich war so überrascht, ihn zu sehen, dass ich prompt alles runtergeworfen hab, was ich im Arm hatte. Wir haben beide gleichzeitig angefangen zu lachen und er hat mir geholfen, das Gemüse wieder einzusammeln. Beim Aufstehen sind wir dann mit den Köpfen aneinandergestoßen! Es war so klischeehaft! Als wären wir in einem Film!

Ich: Was machst du denn hier?
Cedric: Ich bin mit meiner Mutter hier. Sie hat was in der Stadt zu erledigen. Wie geht's dir?
Ich: All's gut. (Ich hab genuschelt, weil ich so aufgeregt war.) Wie immer: Schule, Hausaufgaben, Freunde, Schwimmen. Und du?
Cedric: Bei mir auch. Ich hab auch viele Hausaufgaben.

Ich gehe seit diesem Jahr auf eine Privatschule und muss echt zugeben, das ist viel mehr Arbeit.

Ich: Oh, das ist ja ätzend. Sorry, ich muss gehen. Meine Mutter wartet bestimmt schon. Bis dann, Cedric!

Cedric: Oh, ich hab übrigens mit meiner Freundin Schluss gemacht, diesmal endgültig. Wenn du noch interessiert bist, könnten wir ja mal zusammen ins Kino gehen …

Ich: Vielleicht … schreib mir.

Und dann bin ich gegangen. Ich bin sowas von stolz auf mich! Obwohl ich froh bin, dass seine Freundin jetzt kein Thema mehr ist, und obwohl ich echt dafür sterben würde, was mit ihm zu unternehmen, kam es nicht infrage, dass ich sofort ja sagen würde. Erst soll er ein bisschen leiden. Du kennst mich Ja, ich hab schon meinen Stolz, also will ich ihn ein wenig warten lassen. Aber ich bin so verdammt aufgeregt! Ich war gerade dabei zu befürchten, dass ich in meinem ganzen Leben keinen Freund mehr finden würde.

Noch mehr Tratsch: JP hat mit Laurie Schluss gemacht. Er hat ihr einen Brief geschrieben, um ihr zu sagen, dass er keine Freundin haben will und es ihm leidtut. Sie hat sich die ganze Mittagspause über in der Toilette eingeschlossen und geweint. Sie nimmt ihm übel, dass er es ihr nicht ins Gesicht gesagt hat, aber ich muss zugeben, dass ich es vermutlich genauso gemacht hätte wie JP, weil ich weiß, wie sie ist. Ich denke, wir wissen beide, dass Laurie immer ein *klitzekleines bisschen* übertreibt. Steph und ich haben versucht, sie zu beruhigen (abgesehen davon waren sie nur zwei Wochen zusammen!), aber du kennst sie ja. Sie macht aus jeder Mücke einen Elefanten und sie hat sich verhalten, als ob gerade ihr Leben zusammengebrochen wäre. Um deine Frage zu beantworten: Steph und Seb kleben noch immer aneinander, aber das stresst mich weniger, jetzt wo Cedric wieder aufgetaucht ist.

Was Thomas angeht, ich hab ihn wieder mit Sarah gesehen, aber diesmal ohne Mathebücher. Sie saßen vor der Schule und schienen vertraut miteinander. Jonathan und ein paar andere aus der Sec 5 kamen dazu und dann sind sie alle in den Park gegangen. Hast du was von ihm gehört?

Ich freu mich schon so drauf, dich zu sehen! Nur noch 8 Tage!

Lou XX

An: Marilou33@mail.com
Von: Lea_love@mail.com
Datum: Freitag, 02. Oktober, 18:20
Betreff: 1 Woche! Juhuuuu!

Wow! Cedric ist endlich schlau geworden und hat verstanden, dass es ein Fehler war! Wurde auch Zeit, dass er mit seiner Freundin Schluss macht und dem coolsten Mädchen der Welt eine Chance gibt! LOL!

Endlich ist die Woche vorbei, aber ich werde das gesamte Wochenende mit Hausaufgaben verbringen. :'(Noch dazu schreib ich am Dienstag einen großen Englischtest und das stresst mich ziemlich. Ich muss also am Sonntag mit Jane lernen.

Ich hab nicht wirklich was von Thomas gehört, abgesehen von einem Drei-Minuten-Gespräch am Dienstag. Ich habe ihn gestern angerufen und er war (natürlich) nicht zu Hause, und als er mich dann zurückgerufen hat, war ich gerade mit Felix Eis essen. Ich war so niedergeschlagen, dass es mir leidgetan hat um meine Kugel Bourbon-Vanille. Ich hab ihn ungefähr zehnmal versucht anzurufen, aber es ist keiner drangegangen. Dann hat meine Mutter mich gebeten, beim Kiosk um die Ecke Milch zu besorgen, und es war mir so wichtig, seinen Anruf nicht zu verpassen, dass ich mit meinem Bruder einen Deal aushandeln musste, damit er das für mich erledigt. Natürlich hat Thomas mich nicht angerufen. Und ich darf jetzt umsonst Felix´ Zimmer putzen. Ich hab keine Ahnung, was mit ihm los ist. Er sagt, er hat einfach viel zu tun mit der Schule und der Arbeit, aber er könnte sich schon ein bisschen mehr darauf freuen, dass ich komme, oder?

Je mehr du mir von Sarah Bernard erzählst, desto mehr hasse ich sie und desto paranoider werde ich. Ich hab sie sogar bei Facebook gestalkt. Ihr Beziehungsstatus lautet: »in einer Beziehung«, aber nicht mit wem. Ich male mir noch immer alles Mögliche aus, z. B. dass Thomas heimlich mit ihr zusammen ist und sich nicht traut, es mir zu sagen. Dann hab ich festgestellt, dass er gestern Abend was auf ihrer Seite gepostet hat (kurz nachdem er mich angerufen hat). Das Verhältnis der beiden gefällt mir nicht. Warum spricht er so mit ihr? Und wenn er schon online ist, warum redet er dann nicht mit seiner Freundin (also mit MIR!), sondern mit seiner neuen besten Freundin? Ich hab dir ihre Unterhaltung kopiert:

Sarah Bernard Ich liebe meine Freunde!!!
DONNERSTAG, 18:50

Thomas Raby Ich finde dich auch toll :)
DONNERSTAG, 19:33

Sarah Bernard Awww ... Danke, mein Schatz. Ich wusste gar nicht, dass du so romantisch sein kannst! LOL!
DONNERSTAG, 19:39

Thomas Raby Nur wenn ich will ... und mein Gegenüber es verdient. :)
DONNERSTAG, 19:43

Sarah Bernard Hör auf, sonst werd ich rot!
DONNERSTAG, 19:47

Was sagst du dazu?

Lea

An: Lea_love@mail.com
Von: Marilou33@mail.com
Datum: Freitag, 02. Oktober, 19:11
Betreff: !?!

Ich gebe zu, das ist ziemlich intensiv für eine Freundschaft ... Ich weiß, dass du ihn damit nicht nerven willst und er dich gebeten hat, ihm zu vertrauen, aber ich denke, dass du das zwischen euch klarstellen solltest, und zwar endgültig! Du bist immerhin seine Freundin! Das ruiniert dir sonst deine ganze Reise, weil du die ganze Zeit auf der Hut wärst. Rat deiner BFF: Sag ihm, dass dich das stört!

Ich habe eine Mail von Cedric bekommen. Pass auf:

Liebe Marilou,

ich hab mich gestern wirklich gefreut, dich zu sehen. Nach meiner letzten Mail hab ich mich ehrlich gesagt nicht mehr getraut, dir noch mal zu schreiben, weil ich nicht wollte, dass du denkst, ich würde mit dir spielen. Aber das Schicksal wollte unbedingt, dass wir uns wiedersehen. ☺ *Also frage ich dich jetzt doch: Willst du morgen mit mir ins Kino gehen?*

Cedric

Ich hab beschlossen, nicht sofort zu antworten. Erstens ist es eine Einladung in letzter Minute. Oder? Und zweitens möchte ich immer noch, dass er ein bisschen leidet. Was meinst du?

Lou XX

MANUS BLOG

Füge einen Titel hinzu: Ich weiß einfach nicht, wie ich mit ihm umgehen soll

Beschreibe dein Problem: Hallo Manu! Mein Freund (der weit von mir entfernt wohnt) hat sich mit einem Mädchen angefreundet, dem ich nicht wirklich über den Weg traue. Ich weiß, dass er es nicht leiden kann, wenn ich eifersüchtig bin, aber es ist eine Tatsache, dass er mir kaum noch schreibt und seine ganze Zeit mir ihr verbringt. Sie hat einen Freund, aber ich glaube, dass sie auch ein Auge auf meinen geworfen hat … Ich zögere damit, ihn darauf anzusprechen, weil ich Angst vor seiner Reaktion habe. Er ist älter als ich und ich will mit meiner Unsicherheit nicht kindisch rüberkommen. Tatsächlich habe ich immer das Gefühl, ich bewege mich wie auf Zehenspitzen, wenn ich mit ihm zusammen bin, um ihn nicht zu beleidigen oder zur Weißglut zu treiben, und das geht mir langsam echt auf die Nerven.
Was soll ich tun?
Lea

Manu beantwortet jede Woche zwei Fragen.
Vielleicht ist ja beim nächsten Mal deine dabei …

Samstag, 03. Oktober

13:03

Annie (online): Na, Frau Star-Journalistin, schon aufgeregt, dass dein Artikel bald erscheint?

13:04

Lea (online): LOL! Ja, aber ich bin auch ein bisschen angespannt. :p

13:04

Annie (online): Das ist total normal. Aber alles wird gut! Was machst du heute Schönes?

13:05

Lea (online): Hausaufgaben.:(Ich muss so viel wie möglich schaffen, weil ich am Freitag meine alten Freunde besuche!!!

13:07

Annie (online): Ach, stimmt ja! Cool! Du freust dich bestimmt schon sehr, deinen hübschen Thomas zu sehen. ;)

13:09

Lea (online): Ja … ich freu mich schon total … Aber um ehrlich zu sein, es läuft gerade nicht sooo toll. Es kommt mir irgendwie so vor, als würde er mich nicht mehr so lieben wie früher … und es gibt da ein Mädchen, die immer um ihn rumschwirrt, so eine wie Maud. ;)

13:12

Annie (online): Puh! Dann weiß ich, warum du gestresst bist! LOL! Aber ernsthaft, sprich mit ihm, wenn du dich damit nicht wohlfühlst. Ich bin nicht die Superexpertin, was Typen angeht, aber das ist der beste Rat, den ich dir geben kann!

13:14

Lea (online): Ja, jeder sagt mir das Gleiche … Es wird aber auf jeden Fall gut. Sitzt du auch an deinen Hausaufgaben?

13:16

Annie (online): Ja, aber ich muss auch noch in die Schule zu einem Treffen der Schülervertretung … am Samstag! LOL! Aber wenn du Redebedarf hast, nur zu! Ich könnte zumindest versuchen, dich auf andere Gedanken zu bringen.

13:19

Lea (online): Danke, du bist echt lieb. Viel Spaß bei deinem Treffen und bis Montag! XXXXX

An: Thomasrapa@mail.com
Von: Lea_love@mail.com
Datum: Samstag, 03. Oktober, 14:30
Betreff: Klarheit

....

Entwurf:

*Ich hab lange überlegt, ob ich dir diese Mail schreiben soll,
aber jetzt muss ich es tun. Ich weiß nicht mehr, wie ich deine
Aussagen verstehen soll. Du sagst, dass du dich darauf freust,
mich zu sehen, aber du schreibst mir kaum und du sagst mir
nicht mehr, dass du mich liebst. Unsere schönen Erinnerun-
gen scheinen mir so weit weg zu sein, dass es mir vorkommt
wie fünf Monate und nicht fünf Wochen, seitdem ich umgezogen bin. Ich vermisse deinen Geruch und deine Augen, und ich
zähle die Minuten, bis ich wieder bei dir bin. Obwohl du mir
gesagt hast, dass du zu mir stehst, und mich gebeten hast, dir
nach der Geschichte mit Sarah noch eine Chance zu geben,
finde ich, dass du dir mit unserer Beziehung nicht viel Mühe
gibst.*

*Ich habe den Eindruck, dass du lieber Zeit mit ihr oder Mo-
toren verbringst, als dich mit mir zu unterhalten, und das tut
mir weh. Das Schlimme ist, dass ich immer Angst vor deinen
Reaktionen habe, also leide ich, ohne dir wirklich zu sagen,
was ich empfinde. Ich habe solche Angst, dich zu verlieren,
dass ich mich nicht traue, dich zur Rede zu stellen, aber deswegen fühle ich mich dann noch schlechter. Wenn du Schluss
machen willst, dann sag mir das bitte.*

Ach so, eine letzte Sache noch: Ich weiß, dass du und Sarah sehr eng seid (ich hab sie bei Facebook gestalkt) und das regt mich auf!

So. Wenn du Zeit brauchst, um nachzudenken, nimm sie dir. Wir können ja am Freitag persönlich darüber reden.

Lea

An: Marilou33@mail.com
Von: Lea_love@mail.com
Datum: Sonntag, 04. Oktober, 19:20
Betreff: Total k.o.

Was für ein Tag! Ich bin früh aufgestanden, um mich mit Jane zu treffen, aber mein Bruder hat angeboten, mich mit dem Auto hinzufahren. Er hat gerade seinen Führerschein gemacht und jede Ausrede zählt, wenn er sich dafür das Auto meines Vaters ausleihen kann. Janes Eltern haben gerade Blätter zusammengekehrt, als ich ankam. Ich habe sie kurz gegrüßt und bin dann nach oben in Janes Zimmer. Ich war erstaunt, als ich dort Sophie und Maud auf dem Bett sitzen und in Zeitschriften blättern sah.

Jane: Hallo, Lea! Maud und Sophie wollen zusammen mit uns lernen. Ich hoffe, du hast nichts dagegen!
Ich: (Doch!) Nein, überhaupt nicht.
Sophie (in einem falschen Ton): Und, was macht dein Artikel?
Ich: Er erscheint morgen.

Jane: Bist du aufgeregt?

Ich: Ein wenig. Ich hoffe, dass er den Leuten gefällt. (Ich habe dabei Maud angesehen, die mich noch keines Blickes gewürdigt hatte.)

Jane: Da bin ich mir sicher! Also gut, sollen wir anfangen?

Maud musste einen Essay in Französisch abgeben und Sophie eine Matheaufgabe. Ich hab mich mit Jane in eine andere Ecke gesetzt und sie hat mir Grammatikregeln erklärt. Ich kann nicht sagen, dass ich wirklich viel verstanden habe, aber ich habe versucht, mir so viel zu merken wie möglich, um den Test zu bestehen. Nach einigen Stunden echt harter Arbeit bin ich dann aufgestanden, um zu gehen. Ehrlich gesagt fühlte ich mich dort total unwohl mit Maud und Sophie und hatte keine Lust drauf, mit ihnen zu reden.

Jane: Willst du ein Glas Saft, bevor du gehst?

Ich: Nein, aber danke. Mein Bruder ist schon auf dem Weg.

Sophie: Dein Bruder ist echt der Hammer. Du musst mich irgendwann mal zu euch einladen.

Ich: Hm, okay, aber ich denke, dass er gerade schon jemanden datet.

Maud: Du meinst wohl eher, dass er sich mit *allen* Mädchen aus seiner Stufe trifft. Und du, Lea, hast du einen Freund?

Ich: Ja, aber 400 km von hier entfernt.

Sophie: Wie schafft ihr es zusammenzubleiben?

Ich: Ich werde ihn nächste Woche sehen. Aber es ist wirklich hart. Vor allem in letzter Zeit.

Maud: Wenn du meinen Rat hören willst (nein), du machst

dir umsonst das Leben schwer. Du bist gerade erst 14! Ich denke, dass du ihn vergessen und dir hier jemanden suchen solltest. Was ist mit Eli? Er küsst gut! Ich weiß das!

Jane: Maud, echt jetzt! Lass sie ihr Leben so leben, wie sie das für richtig hält.

Maud: Ich sage nur, dass es mir so vorkommt, als würdest du ihn nicht gerade kaltlassen. Und Alex gibt es auch noch, der findet dich süß.

Sophie: Hey! Ich hab schon gesagt, dass Alex mir gehört.

Maud: Dann los, sag ihm das, bevor es zu spät ist! Wenn Lea genauso *charming* ist wie ihr Bruder, dann wird es nicht lange dauern, bis sie sich ihn schnappt.

Ich: ... Äh ... Nein! Alex interessiert mich nicht. Eli ... Eli auch nicht! So, ich muss gehen.

Ich war echt sprachlos. Dieses Mädchen hat tatsächlich die Begabung, einfach zu sagen, was sie denkt, ohne jegliches Taktgefühl. Ich musste die Tränen zurückhalten, als ich die Treppe runtergelaufen bin. Jane kam hinter mir her zur Tür.

Jane: Hör nicht auf sie, Lea. Maud benimmt sich so Leuten gegenüber, die sie nicht kennt. Es ist ihre Verteidigung, aber sie ist nicht böse, wenn du sie erst mal kennengelernt hast.

Ich: Ehrlich, ich habe kein großes Interesse daran, sie kennenzulernen, und wenn es dir nichts ausmacht, würde ich das nächste Mal lieber nur mit dir zusammen lernen.

Jane: Versprochen. Tut mir leid, Lea.

In dem Moment kam mein Bruder. Offenbar hat er schon einen ordentlichen Ruf als Casanova! Die Schule hat vor kaum einem Monat angefangen!! Wenn Maud nur wüsste, wie unterschiedlich wir sind, würde sie aufhören, sich irgendwelche Ideen für mich auszudenken.

Was Cedric betrifft, warte nicht zu lange, bis du ihm antwortest. Ich weiß, du hast deinen Stolz, aber das kann auch nach hinten losgehen. :) Grundsätzlich stimme ich dir zu, ihn ein bisschen leiden zu lassen, aber hör auch auf dein Herz.

Lea XOX

PS: Ich hab deinen Rat befolgt und eine Mail an Thomas geschrieben, um ihm zu sagen, wie ich mich fühle, aber ich hatte nicht den Mut dazu, sie abzuschicken. Immerhin konnte ich so meine Gedanken ordnen und es wird mir leichter fallen, am Freitag mit ihm zu reden.

PPS: Holst du mich am Busbahnhof ab?

Sonntag, 04. Oktober

20:35

Felix (online): Pssst! Pssst!

20:35

Lea (online): Mmh ... ?

20:36

Felix (online): Wer ist das Mädchen aus deiner Stufe, das mit deinem Nerdfreund zusammen war? Du weißt schon, die Freundin von Maud!

20:38

Lea (online): Woher kennst du Maud?

20:38

Felix (online): Jeder kennt Maud. Sie hat Freunde in meiner Stufe.

20:39

Lea (online): Ja, und dich scheint auch jeder zu kennen! Um auf deine Frage zu antworten, die kleine Clique von Maud

besteht aus Jane (die du gesehen hast),
Sophie (die Rothaarige),
Katherine (groß, mit langen schwarzen Haaren),
Lydia (olivfarbener Teint) und
Marianne (blond, blaue Augen).

20:43

Felix (online): Katherine! Die suche ich!

20:44

Lea (online): Warum suchst du sie denn?

20:44

Felix (online): Nur so. Ich finde sie einfach hübsch.

20:45

Lea (online): Felix! Kannst du nicht mit einem Mädchen aus deiner Stufe ausgehen? Sie umschwirren dich doch sowieso wie die Fliegen! Ich hab genug damit zu kämpfen, mich hier zu integrieren, auch ohne dass mein großer Bruder einem der beliebtesten Mädchen meiner Stufe das Herz bricht! Außerdem ist sie viel zu jung für dich.

20:48

Felix (online): So jung ist sie auch wieder nicht.

20:48

Lea (online): Du sagst mir ständig, ich sei zu jung, und sie ist genauso alt wie ich.

20:49

Felix (online): Ja, aber ich bin mir sicher, dass sie erwachsener ist. ;)
Abgesehen davon, ich will sie ja nicht gleich heiraten.
Ich finde sie einfach nur hübsch.

20:50

Lea (online): O.K., aber bewundere ihre Schönheit aus der Ferne!
Und jetzt lass mich in Ruhe arbeiten!

An: Marilou33@mail.com
Von: Lea_love@mail.com
Datum: Montag, 05. Oktober, 16:47
Betreff: Meine Stunde des Ruhms!

....

Lou! Mein Artikel ist heute erschienen und ich denke, er hat den Leuten gut gefallen. Es kamen sogar Schüler zu mir, um mir zu gratulieren, die ich gar nicht kenne! Jane ist bei meinem Schließfach vorbeigekommen, um mir zu sagen, dass sie ihn supergut fand, und um sich noch einmal für das Verhalten von Maud zu entschuldigen. Ich habe ihr gesagt, dass sie sich keine Gedanken darüber machen soll. Immerhin kann sie nichts dafür, dass ihre beste Freundin eine Hexe ist! LOL!

Wir haben die Mittagspause zusammen verbracht und sie hat mir alle möglichen Fragen über Thomas gestellt. Ich war ehrlich zu ihr und habe ihr erzählt, dass es nicht gerade gut läuft und mich der Gedanke stresst, ihn wiederzusehen. Es hat mir gutgetan, mit ihr darüber zu reden. Ich habe den Eindruck, dass sie mich jetzt schon ein wenig besser kennt. Als ich zum Unterricht zurückgegangen bin, habe ich Eli getroffen, der mir zu meinem Artikel gratuliert hat. Die Sprüche von Maud sind mir wieder eingefallen und ich bin rot angelaufen wie eine Tomate.

Er: Was ist denn mit dir los? Warum bist du so rot? Du musst dich nicht schämen, wenn ich dir ein Kompliment mache!

Ich: Nein, ich bin gar nicht rot … Ich … Es ist nur … ähm … Danke.

Er: Du bist komisch heute! Es muss der Erfolg sein, der dir zu Kopf steigt. Übrigens, falls du am Freitag Zeit hast, ich mach eine kleine Party bei mir zu Hause. Dort könntest du deinen Erfolg feiern.

Ich: Oh, das würde ich echt gern, aber ich fahre am Wochenende nach Hause ... oder besser gesagt, zu meinem alten Zuhause. Wir werden das nachholen!

Ehrlich gesagt bin ich ein bisschen enttäuscht, dass ich seine Party verpasse. Ich würde meine Reise für nichts auf der Welt absagen, aber jetzt hat mich einmal jemand zu etwas sozial Bedeutsamem eingeladen (abgesehen vom Lernen) und ich wäre zu gerne dabei gewesen!

Und du? Hast du Cedric endlich geantwortet?????

Lea XOX

An: Lea_love@mail.com
Von: Marilou33@mail.com
Datum: Mittwoch, 07. Oktober, 16:20
Betreff: Übermorgen sehen wir uns wieder!!

....

Hallo Süße!

Zwei Tage!! Zwei Tage und ich kann dich endlich wieder ganz fest drücken! Bestimmt bist du genauso aufgeregt wie ich! Ich weiß, dass du viele Arbeiten abgeben musst diese Woche, also hält dich das vermutlich davon ab, dich wegen

Thomas zu stressen. Ich habe ihn heute bei den Schließfächern getroffen und ihn gefragt, ob er mit zum Busbahnhof will, aber er hat gesagt, dass er bis 20 Uhr arbeiten muss und später dazukommt.

Und nein, ich hab Cedric noch immer nicht geschrieben … Du hast zweifellos recht, aber dieses Wochenende hätte ich ohnehin keine Zeit, mich mit ihm zu treffen, weil meine beste Freundin zu Besuch kommt. ;) Ich freu mich schon so!

Lou XOX

An: Lea_love@mail.com
Von: Thomasrapa@mail.com
Datum: Donnerstag, 08. Oktober, 17:30
Betreff: Endlich!

Hallo du! :)

Ich freue mich schon, dass du morgen kommst. Ich weiß, dass es nicht leicht war, seit du weg bist, aber ich bin mir sicher, dass das Wochenende uns guttun wird. Ich weiß nicht genau, wann ich in der Werkstatt Feierabend machen kann, aber hinterlass mir zu Hause eine Nachricht und ich komme dann dorthin, wo ihr seid.

Bis morgen!

Thomas

An: Marilou33@mail.com
Von: Lea_love@mail.com
Datum: Freitag, 09. Oktober, 11:16
Betreff: Es geht los!

In zwanzig Minuten gehe ich zur Bushaltestelle! Ich will früher da sein, um ganz sicherzugehen, dass ich einen Platz bekomme. Sorry, dass ich mich diese Woche nicht bei dir gemeldet hab. Mein Englischtest war nicht gerade gut, aber ich habe alles andere rechtzeitig abgegeben. Ich habe außerdem angefangen, mit Eli an der Archivierung der Artikel zu arbeiten. Das ist echt cool, weil wir so Zeit miteinander verbringen können, und ich lerne viel über die Geschichte meiner Schule. Es gefällt mir, mit einem Jungen befreundet zu sein. Komm gar nicht erst auf die Idee, dass zwischen uns was laufen könnte. Ich habe einen Freund, ich liebe ihn und werde ihn in wenigen Stunden wiedersehen! Und ich werde endlich meine beste Freundin wieder in die Arme schließen. YESSSS!!!!!
So, ich muss los. Wir sehen uns in ein paar Stunden!

Lea XOX

An: Thomasrapa@mail.com
Von: Lea_love@mail.com
Datum: Freitag, 09. Oktober, 22:30
Betreff: Wo bist du?

Wo bist du? Ich hab dich überall gesucht! Ich bin gegen 18:30 Uhr angekommen und war mit Marilou essen. Danach bin ich zur Werkstatt gegangen, um dich zu überraschen, aber du warst nicht dort. :(Ich bin in den Park, aber ohne Erfolg. Außerdem hab ich sechs Nachrichten auf deinem Anrufbeantworter hinterlassen. Marilou hat sogar bei JP und Seb angerufen, aber wir haben sie nicht erreichen können, und Steph sagt, sie weiß nicht, wo ihr seid.

Suchst du mich auch gerade? Ich bin bei Marilou. Ruf mich heute Abend oder gleich morgen früh an, okay?

Lea

Kapitel 6

Herz-schmerz

MANUS BLOG

Füge einen Titel hinzu: Ich weiß nicht mehr, was ich denken soll

Beschreibe dein Problem: Hallo Manu! Ich schreibe dir aus dem Bus, der mich zurück nach Montreal bringt. Das freie WiFi ist mein einziger Lichtblick heute. Ich bin übers lange Wochenende nach Hause gefahren, um meinen Freund und meine beste Freundin wiederzusehen. Ich hatte eine Superzeit mit Marilou, aber mit Thomas war es kompliziert. Er hat am Freitag gar nichts von sich hören lassen. Ich habe den Abend damit verbracht, ihn zu suchen und mir Sorgen um ihn zu machen. Am Samstagmorgen hat er mich dann endlich angerufen. Er hat mir gesagt, dass es einen »Notfall« bei seinen Freunden gab und er versucht habe, mich zu erreichen. Ich weiß nicht, ob ich ihm das glauben soll. Marilou hat gesagt, dass er einen Weg gefunden hätte, wenn er mich wirklich hätte sehen wollen, vor allem im Hinblick auf die Menge an Nachrichten, die ich ihm hinterlassen habe. In dem Moment fühlte ich mich verletzt und ein bisschen wütend, aber als ich mich am Nachmittag mit ihm im Park getroffen habe, waren alle meine Zweifel verschwunden. Sobald ich ihn sah, war ich wieder total in ihn verliebt. Er hat mich so fest an sich gedrückt, und ich bin dahingeschmolzen.

Er roch so gut. Ich glaube, ohne seinen Geruch könnte ich nicht überleben. Den Rest des Wochenendes habe ich zwischen der Werkstatt, wo er arbeitet, und dem Zuhause von

Marilou verbracht. Und heute Morgen musste ich sehr früh los zum Bus. Thomas hat mich zur Haltestelle gebracht. Ich habe ihn gebeten, mich zu beruhigen und mir zu sagen, wie er über uns denkt, aber seine Antwort war sehr ausweichend. Obwohl ich weiß, dass er mich liebt, waren da Zweifel in seinen großen dunklen Augen. »Lea, wir sind so jung! Ich will nicht, dass du deine Zeit in Montreal für mich ruinierst und dein Leben damit verbringst, auf mich zu warten.« Ich hab ihm gesagt, dass ich gar nichts ruiniere, sondern im Gegenteil, dass ich mir gar kein Leben ohne ihn vorstellen kann. Er hat mich traurig angesehen und dann kam der Bus. Ich verstehe nicht, was er damit sagen wollte. Ich will ihn nicht verlieren. Was soll ich tun?

Lea

Manu beantwortet jede Woche zwei Fragen.
Vielleicht ist ja beim nächsten Mal deine dabei …

An: Marilou33@mail.com
Von: Lea_love@mail.com
Datum: Dienstag, 13. Oktober, 18:16
Betreff: Zurück in der Realität

....

Ich glaube nicht, dass ich einen schlimmeren ersten Tag zurück in der Realität hätte haben können. Ich bin bei meinem Englischtest durchgefallen. Ich seh kein Land, hab noch immer tonnenweise Arbeiten abzugeben, meine Eltern gehen mir auf die Nerven und Maud hat sich über mich lustig gemacht, weil ich Thomas´ Hoodie anhatte.

Ich war gerade dabei, meine Hefte aus meinem Schließfach zu nehmen, als sie zu ihrer täglichen Knutschsession mit José ankam.

Sie: Schöner Pullover, den du da anhast, Lea! Gehört der deinem Vater? Auf jeden Fall kann man nicht behaupten, dass er deine Figur betont!

Ich: Nein, der ist von meinem Freund.

Sie: Dein Freund hat einen ganz schönen Bauernstyle.

Ich: Maud, ich weiß nicht, was ich dir getan hab, dass du mich so verabscheust, aber ich bin wirklich *nicht* in der Stimmung, mir anzuhören, wie du dich über die Menschen lustig machst, die ich liebe und die *du* nicht mal kennst.

Ich hatte Tränen in den Augen und ich fühlte, wie die Wut in mir hochkam. Es kommt wirklich selten vor, dass ich den Mut habe, mich zu verteidigen. Aber damit hatte sie die Grenze dessen überschritten, was ich ertragen kann. Ich bin Janes Rat gefolgt und habe mich nicht von ihr schikanieren lassen! Außerdem läuft es nicht allzu gut mit Thomas und mir, wie du weißt, und ich fühle mich sehr angreifbar seit unserem Abschied an der Haltestelle. Jane kam in dem Moment, als ich ernsthaft darüber nachdachte, Maud ins Gesicht zu schlagen.

Jane: Was ist denn hier los?
Maud: Nichts. Lea mag es nicht, wenn man ihr Komplimente macht. Bestimmt hat sie PMS oder so.

Ich hab mich umgedreht und wollte zu meinem Französischunterricht. Jane kam mir hinterher und fragte, was schiefgelaufen sei.

Ich: Sie kann mich nicht leiden, Jane, und ich habe nicht die Kraft, ihr die Stirn zu bieten. Ich habe keine Freunde hier, mein Leben ist scheiße und ich bin heute traurig. Lass mich bitte allein.

Sie hat mir einen traurigen Blick zugeworfen und ich bin weiter. Heute Mittag habe ich mich so für mein Verhalten geschämt, dass ich mich allein in den Schülerzeitungsraum gesetzt habe. Eli kam rein, als ich gerade gehen wollte.

Er: Geht's dir nicht gut, Lea?
Ich (mit einem Kloß im Hals): Doch.
Er: Ich weiß, dass es dir nicht gut geht. Ich kann es in deinen Augen sehen. Und Jane ist zu mir gekommen und hat mir gesagt, dass du abgehauen bist.

Ich: Nein, ich bin nicht abgehauen! Ich bin eine Null in Englisch, ich habe keine Freunde, ich vermisse mein Zuhause und …

Er: Und?

Ich: … es läuft nicht gut mit meinem Freund. Ich weiß, dass er mit mir Schluss machen will, und ich habe keine Ahnung, was ich tun soll.

Er: Liebst du ihn noch?

Ich: Ja … Aber er wohnt so weit weg. Keiner versteht, warum ich bei ihm bleiben will. Ich weiß nicht mehr, was ich denken soll.

Er: Lass die anderen doch reden. Wichtig ist, dass du glücklich bist. Verstehst Du? Wenn du ihn liebst und es nicht beenden willst, dann denke ich, dass du ihm das einfach sagen solltest.

Ich habe ihn erstaunt angesehen. Ich hätte von Eli nicht erwartet, dass er mir Beziehungsratschläge gibt. Ich weiß, dass er mit Katherine zusammen war, aber ich bin nicht daran gewöhnt, mit Jungs über sowas zu reden. Er hat mich in den Arm genommen und ich bin in Tränen ausgebrochen. Ich hab mich ein bisschen schlecht dabei gefühlt, Rotz und Tränen auf seinem T-Shirt zu verteilen, aber es schien ihn nicht zu stören. Irgendwann habe ich mich beruhigt und zu ihm hochgeschaut.

Ich: Danke. Ich glaube es war nötig, darüber zu reden.

Er: Ich bin für dich da, Lea. Ich weiß, du denkst, du hast keine Freunde, aber das ist nicht wahr. Annie, Jane und ich mögen dich sehr.

Er hat mir die Haare aus dem Gesicht gestrichen und mich mit einem komischen Blick angesehen. Zärtlichkeit gemischt mit etwas anderem. Ich hab gemerkt, wie sich zwischen uns eine Spannung aufbaut. Ich hab mich gefragt, ob er mich küssen wird, aber Eric ist reingekommen und hat uns unterbrochen, bevor ich es herausfinden konnte. Es liegt bestimmt daran, dass ich mich so verletzlich gefühlt habe. Im Rückblick wäre es der dümmste Fehler *ever* gewesen, für einen Kuss, der nichts bedeutet, meinen einzigen Freund zu riskieren!

Ich habe viel darüber nachgedacht, was er gesagt hat, und beschlossen, seinem Rat zu folgen (und deinem) und die Sache mit Thomas zu klären. Ich will ihn nicht drängen, aber ich halte es nicht länger aus, nicht zu wissen, wo wir stehen. Ich schreib dir, sobald es was Neues gibt.

Lea XOX

PS: Ich hab es dir zwar schon tausendmal gesagt, aber noch mal vielen Dank für das Wochenende! Es war einfach genial, wieder Zeit mit dir zu verbringen! Du fehlst mir jetzt schon! 🖤

An: Thomasrapa@mail.com
Von: Lea_love@mail.com
Datum: Dienstag, 13. Oktober, 20:15
Betreff: Klarheit

....

Hallo Thomas,

ich hoffe, deine Woche hat gut angefangen. Meine war eher mittelmäßig. Der Unterricht ist schwieriger, als ich dachte, und unser Wiedersehen am Wochenende hat mich super-nostalgisch werden lassen.

Ich muss auch zugeben, dass mich unser Abschied traurig gemacht hat. Ich verstehe überhaupt nicht, was du mir da sagen wolltest. Ich verstehe, dass du nicht wollen würdest, dass ich meine Zeit verschwende, aber ich will, dass du weißt, dass ich dich liebe und bereit bin, auf dich zu warten. Auch wenn es nicht so gut lief vor meinem Besuch: Dich wiederzusehen hat alle meine Gefühle für dich wiederbe-lebt. Ich kann nicht aufhören, an all die Zeit zu denken, die wir miteinander verbracht haben, und ich will dich wirklich nicht verlieren. Ich möchte einfach nur sicher sein, dass du auch mit mir zusammenbleiben willst. Ich warte ungeduldig auf deine Antwort.

Lea XOX

An: Lea_love@mail.com
Von: Marilou33@mail.com
Datum: Mittwoch, 14. Oktober, 19:00
Betreff: Cedric
1 Anhang: E-Mail Cedric

....

Es ist offiziell: Das Leben ist langweilig, wenn du nicht da bist. Die Dinge haben schnell wieder ihren normalen Lauf genommen: Steph hängt wie immer an Seb, Laurie heult rum wegen JP, mein kleiner Bruder nervt mich und ich vermisse meine BFF!

Um meine Langeweile zu vertreiben, hab ich endlich entschieden, Cedric zu antworten. Ich hab dir die Mail angehängt, die ich ihm geschickt hab. Und du? Hast du schon eine Antwort von Thomas? Ich hoffe, es wird besser … :)

Lou XX

PS: Ich hab den Pullover von dir in der Schule getragen und tonnenweise Komplimente bekommen! Yay!!!

Anhang:

Hallo Cedric!

Wie geht's dir? Mir ganz gut. Sorry, dass ich dir nicht eher geantwortet habe, aber ich hatte sehr viel zu tun. Meine bes-

*te Freundin hat mich am Wochenende besucht und jetzt, wo
sie nicht mehr da ist, vermisse ich sie. Gilt dein Kinoangebot
noch? Ich hätte Lust, auf andere Gedanken zu kommen … ;)*

Marilou

An: Marilou33@mail.com
Von: Lea_love@mail.com
Datum: Freitag, 16. Oktober, 20:03
Betreff: Aus dem Leben einer Loserin

Falls du dich schon immer gefragt hast, wie das Leben einer
Loserin aussieht, dann kann ich das für dich etwas näher
beleuchten: Die Loserin verbringt ihren Freitagabend zu
Hause, stopft Donuts in sich hinein und schaut im Schlaf-
anzug Mädchenfilme an, während ihr cooler großer Bruder
auf der Suche nach einer neuen Eroberung von Party zu
Party zieht. Sogar ihre Eltern haben ein aufregenderes Sozialleben als sie!

Immerhin ist die Woche mit einer guten Nachricht zu
Ende gegangen. Jane hat mich gestern im Unterricht gefragt, ob ich Lust auf eine Englischkonversation im Presse Café hätte. In Anbetracht meiner katastrophalen Noten
konnte ich ihr Angebot nicht ablehnen! Wir haben über
ihre Kindheit gesprochen, weil sie mir so das *past tense*
zeigen konnte (was ich offensichtlich absolut nicht verstehe, wie mein Test bewiesen hat). Danach hat sie mich
gefragt, wie es mir geht (auf Französisch). Ich habe ihr

eine (pathetische) Zusammenfassung meines (pathetischen) Lebens gegeben, und sie hat mich fürs nächste Wochenende zu ihrer Grillparty eingeladen. Leider wird Maud ebenfalls dort sein, aber Jane hat gesagt, dass sie sich darum kümmern und mit ihr reden wird, damit sie mich in Ruhe lässt.

Ich war heute mit Annie und dem Zeitungsteam zu Mittag essen, aber mir ist aufgefallen, dass Eli nicht da war. Ich hab meinen Blick durch die Cafeteria schweifen lassen und ihn an einem Tisch zusammen mit Marianne entdeckt. Sie haben gelacht und sich gegenseitig geneckt. Mein Herz hat einen Satz gemacht. Seit wann hängt Eli mit der Coolen-Clique rum? Pfff. Annie hat meinen Blick bemerkt.

Annie: Eli ist ein Charmeur. Er versteht sich mit allen gut, sogar mit den Unausstehlichen.
Ich: Für ihn scheint sie nicht so unausstehlich zu sein.
Annie: Bist du etwa eifersüchtig?
Ich: Nein! Aber ich kann Marianne nicht besonders gut leiden. Sie ist gemein zu jedem.
Annie: Ich weiß. Aber sie stand schon immer ein bisschen auf Eli. Sie waren zusammen in der Grundschule.

Eric hat uns unterbrochen, um zu fragen, ob ich einen weiteren Artikel schreiben möchte, und ich hab zugesagt. Er will, dass ich schon eine Idee für die Novemberausgabe liefere, aber ehrlich gesagt, hab ich andere Dinge im Kopf.

Ich habe seit meiner famosen Mail nichts von Thomas gehört. Ich werde ihm ein wenig Zeit lassen, um über seine

Antwort nachzudenken, aber ich schwöre, das macht mich echt fertig. Alle halbe Stunde checke ich systematisch meine Mails, um zu sehen, ob er mir geantwortet hat. Ich hab mir gesagt, dass ich ihn anrufen werde, wenn ich bis Sonntag nichts gehört habe. So, es ist wieder Zeit für meine Filme und Donuts. Wenn das so weitergeht, bin ich bis Weihnachten kugelrund.

Lea XOX

PS: Fettes Bravo für deine Mail. Du hast mich echt beeindruckt. Wenn ich ein Typ wäre, würd ich direkt mit dir ausgehen wollen! LOL! ♥ U

An: Lea_love@mail.com
Von: Marilou33@mail.com
Datum: Samstag, 17. Oktober, 13:00
Betreff: Pech
1 Anhang: Antwort Cedric

Ich bin das unglücklichste Mädchen der Welt. Das, oder ich hab einfach einen schlechten Geschmack, was Jungs angeht. Ich bin sprachlos. Ich hab dir die Antwort von Cedric angehängt. Wer ist dieser Typ? Don Juan? Immer hat er eine Freundin! Er ist schlimmer als dein Bruder! Argh!

Anhang:

Hallo Marilou.

Ich muss zugeben, ich habe nicht mehr damit gerechnet, dass du dich bei mir meldest. Als ich gesehen habe, dass du mir nicht geantwortet hast, habe ich gedacht, du wärst nicht interessiert.

Leider habe ich letzte Woche was mit einem Mädchen aus meiner Klasse angefangen. Ich weiß nicht, ob es was Ernstes wird, aber ich möchte nicht unaufrichtig sein und ich glaube, dass du verdient hast, das zu wissen.

Es tut mir leid ... und vielleicht laufen wir uns ja bald mal wieder über den Weg. ;)

Cedric

An: Marilou33@mail.com
Von: Lea_love@mail.com
Datum: Samstag, 17. Oktober, 13:33
Betreff: Re: Pech

....

Oh nein! Arme Lou! Das tut mir so leid. Es soll wohl wirklich nicht sein mit euch beiden ... :'(

Es stimmt schon, dass er offenbar immer eine Freundin hat, aber wenn ich dazu was sagen darf (nicht böse sein) ... Du hast auch echt mit dem Feuer gespielt, als du zwei Wochen damit gewartet hast, ihm zu antworten! Meine Mutter sagt immer, dass man aus seinen Fehlern lernt. Nächstes Mal wirst du seine Einladung also sofort annehmen. ;)

Nicht verzweifeln! Ich weiß genau, dass du irgendwann den RICHTIGEN treffen wirst, der dich so dermaßen glücklich machen wird, dass ich total eifersüchtig sein werde! LOL!

Noch immer nichts von Thomas ... *seufz* Ich habe Schmetterlinge im Bauch (nicht diese hübschen, leichten Schmetterlinge, sondern eher diese riesigen Nachtfalter, vor denen wir Angst haben). :(

Lea

An: Lea_love@mail.com
Von: Thomasrapa@mail.com
Datum: Sonntag, 18. Oktober, 15:15
Betreff: Re: Klarheit

Liebe Lea,

entschuldige, dass ich dir nicht früher geantwortet habe. Ich musste nachdenken. Im Verlauf des letzten Monats habe ich dich mehrfach darum gebeten, Geduld zu haben, aber ich hab das Gefühl, dass du immer noch mehr von mir verlangst. Ich weiß auch, dass du dafür nichts kannst: Du bist temperamentvoll und genauso intensiv willst du auch leben ... Und auch wenn ich dich sehr liebe und ich durch dich haufenweise neue Dinge entdeckt habe, glaube ich, dass ich nicht der Richtige für dich bin.

Wenn du nicht in Montreal wohnen würdest, wäre vielleicht alles anders, aber ich finde, dass wir zu jung für eine

Fernbeziehung sind. Ich hätte dir das schon im August sagen sollen, aber ich wollte dich weder verlieren noch verletzen. Ich hoffe, dass du das verstehst.

Ich weiß, das ist jetzt wirklich viel verlangt, aber du bist mir wirklich wichtig und ich hoffe, dass wir Freunde bleiben können.

Thomas

An: Marilou33@mail.com
Von: Lea_love@mail.com
Datum: Sonntag, 18. Oktober, 15:02
Betreff: NOTFALL!!!

Wo bist du? Warum geht bei dir zu Hause keiner ran? Warum bist du nicht online? Thomas hat mir gerade geschrieben. Er hat Schluss gemacht. Es tut so weh. Es ist, als ob mir jemand mein Herz aus der Brust gerissen hätte.

Ruf mich an!!

Lea

An: Thomasrapa@mail.com
Von: Lea_love@mail.com
Datum: Sonntag, 18. Oktober, 19:02
Betreff: Zweite Chance?

....

Es tut so weh. Ich kann deine Entscheidung absolut nicht nachvollziehen. Ich weiß, dass du mich liebst, Thomas. Ich hab mir das doch nicht ausgedacht, verdammt! Ist es, weil du jemanden kennengelernt hast? Ist es wegen Sarah? Thomas, du kannst mir das nicht antun. Ich flehe dich an, bitte gib uns noch eine Chance!!! Ich weiß nicht, wie ich ohne dich weiterleben soll!

An: Lea_love@mail.com
Von: Thomasrapa@mail.com
Datum: Sonntag, 18. Oktober, 20:20
Betreff: Tut mir leid

....

Das ist echt zu heftig, Lea. Ich bin gerade 16 und ich will so eine Beziehung nicht haben. Es tut mir leid. Es ist wirklich vorbei.

Sarah hat nichts damit zu tun. Sie ist eine gute Freundin, aber nicht mehr.

Thomas

Montag, 19. Oktober

17:30

Lea (online): Thomas, bist du da?
Ich will nur 2 min mit dir reden.

17:32

Thomas (online): Ich bin da ...
Wie geht es dir?

17:33

Lea (online): Mies, echt mies. Thomas, denk doch an alles,
was wir zusammen erlebt haben! Du kannst mich nicht einfach
so abschreiben. Gib uns eine Chance bis Weihnachten und
dann sehen wir, wo wir stehen, wenn wir uns wiedersehen.
Ich bin sicher, dass ich dich überzeugen kann, bei mir zu bleiben,
wenn ich dich persönlich sehe.

17:35

Thomas (online): Mir tut das auch weh,
Lea, aber du weißt genauso gut wie ich,
dass das einfach nicht geht. Wir wollen nicht das Gleiche,
wir mögen nicht das Gleiche und ich liebe dich
nicht mehr so wie früher ... Es tut mir leid.

17:36

Lea (online): Aber wenn du mir eine Chance gibst, wird es wieder wie früher!

17:36

Thomas (online): Nein, Lea. Bitte mach es nicht noch schwerer, als es ist. Ich muss jetzt los.

17:37

Lea (online): NEIN! Warte! Ich bin mir sicher, dass wir unsere Probleme lösen können! Bitte!!!

17:37

Thomas (offline): Thomas ist offline. Er erhält Deine Nachricht, sobald er sich das nächste Mal einloggt.

An: Lea_love@mail.com
Von: Marilou33@mail.com
Datum: Dienstag, 20. Oktober, 13:00
Betreff: Lebst du noch?

....

Hey, meine Kleine!

Wie geht es dir? Gestern Abend schien es dir nicht wirklich besser zu gehen. :(Ich weiß, du bist enttäuscht und verletzt, aber ich bin mir sicher, dass du jemanden finden wirst, der dich viel besser behandelt als Thomas. Er hat keine Ahnung, was er verpasst, Pech für ihn! :)
Wenn du willst, gründen wir einen Anti-Jungs-Club!

Lou XX

An: Marilou33@mail.com
Von: Lea_love@mail.com
Datum: Mittwoch, 21. Oktober, 17:00
Betreff: Es lebe der Anti-Jungs-Club!

....

Hallo Lou!

Ja, ich lebe noch. Sonntag und Montag waren ein einziges Erinnerungskopfkino. Gestern Abend bin ich mit roten und verquollenen Augen aus der Schule heimgekommen. Meine Mutter hat gefragt, was los sei, und ich konnte die Tränen nicht mehr zurückhalten. Das ist das erste Mal, dass ich so sehr vor ihr geweint habe. Sie hat mich in den Arm genommen wie damals, als ich klein war, und mich so gehalten, bis ich mich beruhigt hatte. Ich weiß, das klingt vielleicht blöd, aber es geht einfach nichts über Mütter, die dich trösten, wenn du so traurig bist. Ich hab ihr von den letzten Zwischenfällen mit Thomas erzählt, die dann zu unserer Trennung geführt haben.

Meine Mutter: Es tut mir so leid, Lea. Ich weiß, dass das hart ist, aber andererseits denke ich, dass Thomas recht hat. Eure Beziehung war nicht für die Zukunft gemacht. Dein ganzes Leben spielt jetzt hier! Und du bist erst 14. Du hast genug Zeit, um dich noch dreißigmal neu zu verlieben!

Ich: Nein! Thomas war meine große Liebe! Ich werde niemals wieder jemanden so lieben wie ihn.

Meine Mutter: Die erste Liebe ist immer sehr besonders, Lea. Es ist normal, dass du so verletzt bist. Bestimmt wirst du dich immer an ihn erinnern, aber Liebling, ich verspreche dir, dass es schon bald nicht mehr so wehtun wird, und eines Tages wirst du dich in jemand anderen verlieben.

Ich hab mein Schluchzen runtergeschluckt und sie hoffnungsvoll angesehen.

Ich: Aber woher willst du das wissen?

Meine Mutter: Weil ich auch mal einen Thomas hatte. Und ich habe wochenlang geweint, als er mich fallen gelassen hat! Aber mein Herz war irgendwann geheilt und ein paar Monate später hab ich jemand anderen kennen gelernt.

Ich: Wen? Papa?

Meine Mutter: Oh nein! Ich hatte mehrere Freunde vor deinem Vater! Jeder geht einen anderen Weg, Lea, aber eins ist sicher: Thomas wird nicht der letzte Junge sein, in den du dich verlieben wirst.

Ich hätte nicht gedacht, dass ich mich meiner Mutter anvertrauen würde. Und auch wenn das, was sie gesagt hat, mir geholfen hat, dass ich mich ein wenig besser fühlen konnte, tut es noch immer so verdammt weh. Jeden Morgen wache ich mit diesem Loch in meiner Brust auf und es fühlt sich an, als ob ein Teil von mir herausgerissen worden wäre. Ich kann mich im Unterricht nur schwer konzentrieren und ich hab absolut kein Interesse, mich um soziale Kontakte mit dem Zeitungsteam zu bemühen, nicht mal mit Jane. Ich wollte schon die Grillparty am Samstag absagen, aber meine Mutter hat mich gedrängt dort hinzugehen, »um auf andere Gedanken zu kommen«.

Sie hat auch gesagt: »Zeit heilt alle Wunden.«. Und ich sag dir, wenn es einen Vorspul-Button gäbe, hätte ich bestimmt schon tausendmal draufgedrückt.

Lea XOX

An: Lea_love@mail.com
Von: Marilou33@mail.com
Datum: Freitag, 23. Oktober, 23:02
Betreff: Ich wusste es …

Ich weiß, dass du das jetzt nicht hören willst, aber ich hab schon immer gewusst, dass Thomas dir das Herz brechen wird. Das war von Anfang an klar. Du bist ihm total verfallen und ich habe es zugelassen, aber du warst mit ihm nie ganz du selbst. Als ob du versucht hättest, das Mädchen seiner Träume zu sein und ihm um jeden Preis zu gefallen.

Wenn es dich tröstet: Ich bin Thomas nach der Schule über den Weg gelaufen und er sah ebenfalls ziemlich bemitleidenswert aus.

Er: Hallo. Bestimmt hast du es schon gehört.

Ich: Ja. Ich weiß, dass du meiner besten Freundin das Herz gebrochen hast.

Er: So einfach ist das nicht, Marilou. Es tut mir auch weh, aber das ging nicht mehr so weiter mit uns.

Ich: Weil du zu sehr damit beschäftigt bist, dich an Sarah Bernard ranzumachen.

Er: Nein! Weil wir viel zu jung sind und die Entfernung zu groß ist. Ich habe auch ein Leben. Denk doch, was du willst. Sagst du mir wenigstens, wie es ihr geht?

Ich: Sie hat es überlebt. Aber hättest du den Anstand gehabt, mit ihr Schluss zu machen, während sie hier war, dann hätte sie sich wenigstens von ihrer besten Freundin trösten lassen können. Schönes Leben noch, Thomas.

In your face, Thomas! Ich hoffe, du bist stolz auf mich. Ist mir egal, ob er traurig ist, und ich werde ganz bestimmt nicht damit anfangen, ihn zu verteidigen oder zu bemitleiden!

Ich denke übrigens, dass es eine gute Idee ist, zur Grillparty zu gehen, statt allein zu Hause zu sitzen. Ich wünschte, ich wäre jetzt bei dir, um dich ein wenig aufzuheitern. Ich wäre sogar bereit, noch mal die Herr-Kartoffelkopf-Imitation hinzulegen, wegen der du dir letztes Jahr in die Hose gepinkelt hast. :)

Schlaf gut und vergiss nicht: Deine BFF ist immer für dich da!

Lou X

An: Marilou33@mail.com
Von: Lea_love@mail.com
Datum: Sonntag, 25. Oktober, 11:10
Betreff: Rotäugiges Lea-Monster

Danke, Lou! Sogar aus der Ferne hast du es geschafft, mich zum Lachen zu bringen. Und danke, dass du Thomas gegenüber meine Ehre verteidigt hast. Du hast ihn nie gemocht und ich denke, das war genau der richtige Moment, um dein Gift zu versprühen! LOL. Und ja, du hast es immer gewusst. Die Liebe hat mich einfach blind gemacht. Und obwohl es wehtut und ich wirklich wütend auf ihn bin, gibt es einen großen Teil von mir, der ihn noch immer liebt. :(

Wenn es einen Liebes-Stopp-Button gäbe, ich schwöre, ich würd ihn sofort drücken.

Ich hab mich schließlich entschieden, auf der Grillparty vorbeizuschauen. Es hat mich all meine Kraft gekostet, um aus dem Bett zu kommen. Meine Mutter musste mir das Taschentuch aus der Hand reißen und mir die Augen schminken. (Ich hab so viel geweint, dass ich eine Art Allergie bekommen habe. Meine Augenlider sind total geschwollen und ich sehe aus wie ein rotäugiges Monster. Das ist echt nicht meine Woche …). Ich hab ihr mehrfach gesagt, dass es zu sehr wehtut und ich nichts unternehmen will, aber sie hat mich ins Auto verfrachtet und mich zu Jane gefahren.

Die meisten Gäste waren schon auf der Terrasse, als ich ankam. Maud konnte sich nicht verkneifen, einen blöden Kommentar über mein Aussehen abzulassen, aber ich hab sie komplett ignoriert. Ich hab mich in eine Ecke gesetzt und mehr oder weniger abwesend die Gespräche um mich herum verfolgt. Jane hat gemerkt, dass etwas nicht stimmt, und sich zu mir gesetzt.

Jane: Was ist los? Du siehst die ganze Woche schon so traurig aus. Hast du Heimweh?

Ich: Nein, das ist es nicht … Mein Freund hat letztes Wochenende mit mir Schluss gemacht und es ist echt hart. Sorry, ich weiß, ich sehe furchtbar aus. Vielleicht hätte ich nicht herkommen sollen.

Jane: Oh nein! Du Arme! Warum hast du mir das denn nicht erzählt?

Ich: Keine Ahnung … Ich wollte dich nicht mit meinen Problemen nerven.

Jane: Ach, Lea! Das hättest du mir doch echt sagen können!

Lydia und Sophie haben sich neugierig zu uns umgedreht. Jane hat ihnen erzählt, was los ist. Zu meiner großen Überraschung haben sie mich total mitfühlend angeschaut.

Sophie: Das tut mir leid, Lea. Ich hab das in der Sec 1 durchgemacht. Liebeskummer ist echt scheiße.

Lydia: Aber sowas von! Mein Freund hat diesen Winter mit mir Schluss gemacht und ich bin noch immer nicht darüber hinweg.

Ich: Echt? Ich kann mich im Unterricht kaum konzentrieren und gerade an nichts anderes denken.

Lydia: Ich verstehe dich total!

Sophie: Ich auch!

Jane: So, Mädels, das wird jetzt ein bisschen depri hier! Merkt ihr das? Deshalb sage ich immer, Jungs sind zu kompliziert. Wir sind jetzt alle im Club-der-harten-Single-Ladys und können aufhören, uns wegen *ihnen* die Augen auszuheulen.

Das hat uns alle zum Lachen gebracht. Maud hat sich zu uns umgedreht und mich mit ihrem Killerblick angesehen. Sophie und Lydia haben sich im selben Moment quasi an ihre Seite gebeamt. Ich wusste, dass sie eifersüchtig war, weil ihre Freundinnen mir Aufmerksamkeit geschenkt haben. Und weil ich mich nicht auch noch mit ihr rumschlagen wollte, hab ich so getan, als müsste ich mal und bin ins Haus. Kurz darauf fand ich mich Auge in Auge mit Marianne und Eli, die zusammen reinkamen. Das hat mir einen kleinen Stich versetzt. Ich glaube, ich habe Angst, meine Freundschaft mit Eli zu verlieren, wenn er ihr zu nah kommt. Ich habe sie gegrüßt und dann angeboten, Janes Eltern beim Tischdecken zu helfen.

Der Rest des Tages lief ganz gut, und als ich gerade gehen wollte, hat Eli sich zu mir gesetzt.

Er: Offenbar geht's dir gerade nicht so gut.

Ich: Die Neuigkeit hat sich ja schnell rumgesprochen!

Er: Ja ... Sophie hat es Marianne erzählt und sie dann mir. Geht es halbwegs?

Ich: Na ja. Ich will aber nicht so gern darüber reden. Und du? Bist du mit Marianne zusammen?

Er: Mehr oder weniger ... Es war cool, sie dieses Jahr wiederzusehen, und wir haben viel Zeit miteinander verbracht. Mal sehen, wie sich das entwickelt.

Ich: Mhm ... Na gut, ich werde mal gehen. Ich bin total müde. Wir sehen uns am Montag bei der Zeitung.

Er: Lea?

Ich: Ja?

Er: Ich wollte dir nur sagen, dass ich für dich da bin. Ich weiß, dass du dich manchmal einsam fühlst, aber du kannst dich wirklich auf mich verlassen. Und ich verspreche dir, dass ich den Mädchen nichts weitererzähle. (Er hat mir zugezwinkert.)

Ich: Danke Eli. Das ist lieb.

Er: Ich weiß, du bist nicht wirklich in Partystimmung, aber es wäre cool, wenn du am Freitag zur Halloweenparty kommen würdest. Du könntest dich als Monster verklei-

den und allen ein bisschen Angst einjagen, um Dampf abzulassen.

Ich: Haha! Das klingt verlockend. Ich denk drüber nach.
Ich wünsch dir noch viel Spaß heute Abend, Eli.

Heute regnet es und ich will überhaupt nicht raus; ich
denke, ich werde meinen Tag mit einer Dose Kekse, einer
Kuscheldecke und der zweiten Staffel von *Gossip Girl* verbringen.

Deine deprimierte Freundin Lea

An: Lea_love@mail.com
Von: Marilou33@mail.com
Datum: Sonntag, 25. Oktober, 13:33
Betreff: Nicht aufgeben!

Arme Lea! Nicht aufgeben! In zwei Wochen bin ich bei dir
und ich verspreche, deine Laune gehörig aufzupolieren!
Mein Wettkampf ist am Samstagmorgen, also werden wir
den Rest des Tages und den Sonntag zusammen verbringen
können und die Stadt unsicher machen.

Versuche dich bis dahin so gut wie möglich abzulenken
und dich nicht total einzukapseln! Ich kenne dich, du ziehst
dich zurück, wenn du verletzt bist, aber gib den anderen die
Chance, dir ein wenig zu helfen. Okay?

Ich weiß übrigens, dass einige Sängerinnen, Taylor Swift
z. B., sich für ihre Liedtexte von ihren Liebesgeschichten

inspirieren lassen. Du könntest eine Story draus machen. Das wäre zumindest eine Möglichkeit, um deinen Schmerz zu lindern und dich abzulenken. ;)

Ich weiß, dass Liebe blind macht und es tut mir leid, wenn ich manchmal ein bisschen hart bin. Die Wahrheit ist ja, dass ich noch nie selbst eine Beziehung hatte und gar nicht weiß, wie sowas funktioniert, aber ich kann mir deinen Schmerz vorstellen ...

Lou XX

An: Marilou33@mail.com
Von: Lea_love@mail.com
Datum: Dienstag, 27. Oktober, 20:34
Betreff: Du bist genial!
1 Anhang: Zweiter Artikel für die Schülerzeitung

....

Lou, du bist einfach genial! Ich hab auf dich gehört und beschlossen, mich von meinem Schmerz inspirieren zu lassen und daraus eine Art Gedicht für die Schülerzeitung zu schreiben! Ich habe entschieden, es anonym einzureichen, weil mir das zu persönlich ist. Ich habe es schon an Annie und Eric geschickt, weil morgen Redaktionsschluss ist. Ich hab dir den Text angehängt, also sag mir, was du davon hältst. :) Das Schreiben hat entgiftet und ich kann zum ersten Mal seit zehn Tagen richtig tief durchatmen!

Ansonsten: Mach dir keine Sorgen, ich bin sicher, dass du Cedric #2 treffen wirst, der keine Freundin hat und dich superglücklich machen wird! Aber halt dich von geheimnisvollen Typen mit dunklen Augen fern, die in Autowerkstätten arbeiten ... ;)

Lea XOX

Anhang:

Herzschmerz

Als wir uns kennenlernten, fühlte ich mich wie auf Wolken. Ich glaubte, alles wäre möglich und zusammen könnten wir bis ans Ende der Welt gehen. Alltagsprobleme, Erdbeben, die Zerstörung der Welt – das alles spielte keine Rolle für mich. Mit ihm war ich sicher, seine Augen waren meine Fluchtburg.

Als er mir sagte, es sei vorbei, setzte mein Herz aus. Ein heftiger Stich in meiner Brust. Er nahm mir meine Fröhlichkeit weg, riss Sonne und Freude aus meinem Leben. Es heißt, die Liebe wäre das größte Geschenk im Universum. Jetzt muss ich ohne sie auskommen.

Ich muss außerdem erst wieder lernen, wie man allein atmet, wie man auf eigenen Füßen steht. Ich weiß, die Zeit heilt alle Wunden, aber ich wünschte, sie würde sich etwas beeilen, oder dass es eine Zaubersalbe gäbe, die ich einfach auf mein Herz auftragen könnte, auf dass es endlich heilt.

Ich weiß auch, die erste Liebe geht am tiefsten, aber vor den Tiefen der ersten Trennung hat mich niemand gewarnt. Sie ist so stark, so intensiv, dass ich weiß, sie wird Narben in meinem Herzen hinterlassen – für immer.

– Anonym

An: Lea_love@mail.com
Von: Marilou33@mail.com
Datum: Mittwoch, 28. Oktober, 18:23
Betreff: Du bist gut!

Lea! Du bist verdammt gut! Ich habe noch immer Tränen in den Augen … Wow! Man kann also auf jeden Fall sagen, dass Thomas für eine Sache nützlich war: dich zum Schreiben zu bringen!

Ich weiß, dass du manchmal Sachen in dein kleines Notizbuch schreibst und mir was vorliest (du bist schon verrückt! LOL!), aber du hättest dich früher nie getraut, sowas zu schreiben, ich bin echt stolz auf dich!

Du hast recht mit Cedric #2. Ich weiß (ich hoffe), dass ich irgendwann (ganz sicher) jemanden finden werde, aber im Moment könnte man sagen, dass alle, die mich interessieren, schon vergeben sind, und die, die nicht vergeben sind, sich nicht für mich interessieren. :(Ich weiß, ich sehe nicht aus wie Blake Lively, aber ich bin auch nicht zum Wegrennen hässlich! LOL!

Erzähl mir, wie die Zeitungsleute auf dein Gedicht reagiert haben! Bestimmt sind sie begeistert. Und hab keine Angst davor, dich zu outen und deinen Namen unter den Text zu setzen. Was du geschrieben hast, ist wirklich superschön und es wäre ätzend, wenn irgendjemand anderes (jemand wie Maud) die Lorbeeren für sich beansprucht.

Lou XX

An: Marilou33@mail.com
Von: Lea_love@mail.com
Datum: Donnerstag, 29. Oktober, 17:14
Betreff: Argh!

Hallo Lou!

Du bist weit davon entfernt, hässlich zu sein, meine Liebe.
Du bist das schönste Mädchen, das ich kenne. Die Jungs
sind nur zu blöd, um es zu sehen! Ich bin so froh, dass du
herkommst! Dann können wir sie gemeinsam hassen! Muhahaha!

Danke für die Komplimente … Die Zeitungsleute waren
sehr berührt von meinem Text. Eli und Eric haben mir auch
geraten, ihn unter meinem echten Namen zu veröffentlichen. Ich hab mich schließlich überreden lassen, aber jetzt
bin ich wirklich nervös deswegen. Jetzt wird die gesamte
Schule wissen, dass die Neue (Loserin) aus der Sec 3 von
ihrem Freund verlassen wurde. Aber andererseits kann ich
ohnehin auf der Sozialleiter nicht weiter absteigen und, wie
Felix sagt, »sowas wie schlechte Publicity gibt es nicht«.

Apropos Felix, ich habe ihn heute in MEINER Cafeteria
(er hat dort nichts zu suchen!) dabei überrascht, wie er sich
mit Katherine unterhalten hat. Ich weiß ja, dass er sie toll
findet, aber ich hatte ihn schon gewarnt, dass er sie bitte
aus der Ferne anhimmeln soll. Mit der Coolen-Clique hab
ich auch so schon genug Probleme. Als er mich bemerkte,
winkte er mir zu und kam rüber zu mir.

Ich: Was machst du hier und warum unterhältst du dich mit Katherine?

Felix: Na ja, *wir* haben das Recht, hierher zu kommen. Es ist eher so, dass *ihr* in *unserem* Flügel nichts zu suchen habt.

Ich: Felix, du hast nicht auf meine Frage geantwortet.

Felix: Ich bin hierhergekommen und wollte meiner kleinen Schwester Hallo sagen.

Ich: Felix!

Felix: Was? Das ist wahr! Immer beschwerst du dich, dass du keine Freunde hast, also hab ich mir gesagt, dass es dir helfen würde, wenn die Leute dich mit mir zusammen sehen würden ...

Ich: Für wen hältst du dich? Taylor Lautner?

Felix: Wer ist das denn?

Ich: (Seufzen) Vergiss es. Und deine Anwesenheit hat nichts mit ihr zu tun? (Ich nicke in Katherines Richtung.)

Felix: Nein, ich hab sie zufällig gesehen und kurz angehalten, um Hallo zu sagen. Sie ist immer noch wunderschön!

Ich: Na gut, du kannst gehen, ich glaube jeder beobachtet uns gerade. Du hast deine Mission erfüllt.

Felix: Was würde ich nicht alles für meine kleine Schwester tun?

Er hat mir zugezwinkert und ist gegangen. Die Clique der coolen Chicks (abgesehen von Jane) hat ihm geradezu sabbernd hinterhergesehen. Ich hab mich zu Annie und Julie gesetzt, die mich direkt darauf angesprochen haben.

Annie: OH! MY! GOD! Du kennst Felix Olivier!

Ich: (Tiefes Seufzen) Ja, das ist mein Bruder.

Julie: Krass, warum hast du das nicht früher gesagt? Alle Mädchen der Schule fahren total auf ihn ab! Wir wussten nicht, dass er dein Bruder ist! Ihr scheint euch nicht sehr ähnlich zu sein …

Ich: Danke. Ich hab vom Genpool nur die Reste abbekommen …

Julie: Haha! No way! Du bist superhübsch! Ich hab nur gemeint, dass mir die Verbindung zwischen euch beiden nicht klar war. Lädst du uns zu euch ein, damit wir ihn aus der Nähe anhimmeln können?

Ich musste grinsen. Marilou, kannst du dir das vorstellen? Die einzigen beiden Mädchen, mit denen ich mich gut verstehe (abgesehen von Jane, aber sie hält es ja mit den Unausstehlichen), sind ebenfalls dem Charme meines Bruders verfallen! Und jetzt muss ich befürchten, dass sie mich ausnutzen, um sich an ihn ranzumachen. Ich will nicht ihr *wing girl* sein und ich will erst recht nicht dafür sorgen, dass Felix noch mehr Aufmerksamkeit bekommt. Das ist so ungerecht! Da du mir ja mehrfach versichert hast, dass du nicht mehr in ihn verliebt bist (Zum Wohle deiner Gesundheit hoffe ich inständig, dass das wahr ist! LOL!), bin ich mir sicher, dass du dich gerade kaputtlachst, während du das liest.

Ich muss gehen. Mein Bruder, der Held, ist gerade gekommen und will mit mir Wii spielen. Die Mädchen aus meiner Klasse würden sich den Arm abhacken, um mit mir zu tauschen! LOL!

Lea XOX

Donnerstag, 29. Oktober

20:01

Eli (online): Klopf! Klopf!

20:01

Lea (online): Wer ist da?

20:02

Eli (online): Der Mann deiner Träume! LOL!

20:03

Lea (online): LOL! Wie geht's dir?

20:04

Eli (online): Gut! Ich bin gerade dabei,
meine Mathehausaufgaben fertig zu machen.
Du hast offenbar große Aufregung in der Cafeteria verursacht!

20:06

Lea (online): Du meinst wohl, mein Bruder hat große Aufregung verursacht. Ich denke nicht, dass ich den gleichen Effekt auf Jungs habe wie er auf Mädchen. ☹

20:07

Eli (online): Nein! Das liegt daran, dass du bislang nicht Single warst.

20:09

Lea (online): Na ja, nach dem Artikel, der bald erscheint, werden es wohl alle wissen. Ich hätte meine Nummer unter meinen Namen schreiben sollen! LOL!

20:11

Eli (online): Ha! Sehr gut, dass du darüber lachen kannst! Das heißt, es geht dir besser. Kann ich daraus schließen, dass du morgen zur Halloweenparty kommst?

20:13

Lea (online): Ich weiß es noch nicht. Die ganze Schule wird da sein und ich kenne keinen. Ich will nicht wie die Loserin aussehen.

20:18

Eli (online): Du bist keine Loserin! Du wärst mit mir, Annie und Julie zusammen da. Na los!
Es wäre echt cool, wenn du kommen würdest!
Ich weiß, es ist ein bisschen lahm, das in der Turnhalle zu organisieren, aber es ist trotzdem lustig, alle verkleidet zu sehen! Wir wollen uns bei Annie treffen und zusammen hingehen.

20:20

Lea (online): Na gut, O.K.! Aber ihr dürft nicht über meine Verkleidung lachen!
Ich war mit meiner Mutter einkaufen und es gab nur noch ein Katzenkostüm.
So viel zu lahm.

Eli (online): Im Gegenteil! Und ich finde, das spiegelt deinen Charakter sehr gut wider. ;) Wichtig ist nur, dass du mitkommst! So, ich muss los! Wird Zeit, dass ich meine Hausaufgaben fertig mache.
Bis morgen, Lea! XX

20:22

Lea (online): ;) Bis morgen. XX

Kapitel 7

Halloween und andere Horrorge- schichten

MANUS BLOG

Füge einen Titel hinzu: Eifersüchtig auf meinen Bruder

Beschreibe dein Problem: Hallo Manu! Ich schreibe dir, weil ich irgendwie ein wenig eifersüchtig auf meinen Bruder bin. Alle Mädchen finden ihn heiß und alle Jungs finden ihn cool. Wir kommen ziemlich gut miteinander aus (wir sind nur zwei Jahre auseinander), aber manchmal nervt es mich, dass ihm alles zufliegt und er so perfekt ist, weil es mir das Gefühl gibt, ein Niemand zu sein.

Wenn ich darüber mit meinen Eltern rede, dann sagen sie mir, dass sie uns beide gleich lieb haben und dass auch ich tolle Eigenschaften habe, aber es kommt mir häufig so vor, als ob ich im Schatten meines Bruders stehen würde. Ich habe auch Angst, dass die Mädchen meiner Schule mich nur benutzen, um ihm näherzukommen. Ich weiß wirklich nicht, was ich tun soll. Was rätst du mir?

Lea

Manu beantwortet jede Woche zwei Fragen.
Vielleicht ist ja beim nächsten Mal deine dabei …

An: Lea_love@mail.com
Von: Marilou33@mail.com
Datum: Freitag, 30. Oktober, 16:47
Betreff: Dein Bruder, der Held!

Ach, Lea! Du weißt doch genau, dass der Charme deines Bruders dich nicht weniger wunderbar macht. Und ernsthaft, wenn es dir helfen kann, dass er so sexy und cool ist (und das ist er), warum solltest du das nicht einfach zu deinem Vorteil nutzen? Ich kann nachvollziehen, dass dich das nervt, aber du kannst es auch von der positiven Seite sehen! Und um deine Frage zu beantworten: Ja, ich finde ihn immer noch hübsch und superlieb, aber ich hab ihn letztes Jahr abgehakt, als er uns gefragt hatte, ob wir mit ihm zusammen ins Kino gehen wollen. Ich schwöre, ich hab echt geglaubt, dass ich eine Chance bei ihm hätte … aber als er händchenhaltend mit einem anderen Mädchen aufgetaucht ist, habe ich verstanden, dass sich alles nur in meinem Kopf abspielte. Ich hab damit aufgehört, mir irgendwas auszumalen, und der Realität ins Auge geblickt: Dein Bruder interessiert sich nicht für mich und wird mich immer nur als beste Freundin seiner kleinen Schwester sehen. Das war echt hart, aber ich hätte nicht 10 weitere lange Jahre heimlich in ihn verliebt sein können! DANN wäre wirklich eine Intervention deinerseits angebracht gewesen. LOL!

Und, wirst du zur Halloweenparty gehen? Ich denke, du solltest dort vorbeischauen und die Gelegenheit nutzen, ein wenig Spaß mit deinen Freunden zu haben, statt über Du-weißt-schon-wen nachzugrübeln. Übrigens hat Steph beschlossen, morgen Abend eine kleine Hausparty zu geben. Wir werden alle verkleidet sein und Kinder erschrecken, die nach Süßigkeiten fragen! Später zur Party kommen dann die Jungs dazu. Ich habe sie gefragt, ob Thomas auch da sein wird und sie hat gesagt, dass sie da keine Wahl gehabt hätte, weil er Sebs bester Freund ist. Ich lege keinen Wert darauf, ihn zu sehen, aber da wir gemeinsame Freunde haben, kann ich das wohl nicht vermeiden. Ich verspreche dir, ihn den ganzen Abend böse anzustarren, damit er sich WIRKLICH schlecht fühlt! LOL! Außerdem hat Seb JP eingeladen, ohne zu wissen, dass Steph Laurie eingeladen hat, also verspricht es, ein fröhlicher Abend zu werden! Aber eigentlich ist es mir egal, weil ich schon in einer Woche zum Wettkampf nach Montreal fahre und mich mit meiner BFF zusammen in den Läden austoben werde, ABER SOWAS VON! LOL!

Halte mich auf dem Laufenden und amüsier dich heute Abend, falls du dort hingehen solltest! Du verdienst es!

Lou

An: Marilou33@mail.com
Von: Lea_love@mail.com
Datum: Samstag, 31. Oktober, 13:30
Betreff: Was für ein Abend!

Hallo Lou!

Ich muss zugeben, ich war ein bisschen geschockt, als ich den Namen Thomas in deinen Mails gelesen habe, und ich werde ein bisschen nervös, wenn ich daran denke, dass du ihn heute Abend sehen wirst. Ich vertraue dir und weiß, dass du ihn spüren lassen wirst, dass er mich nicht verdient, aber trotzdem. Ich wäre ihm gegenüber so gern schon immun und gleichgültig, wenn sein Name fällt, aber das ist leider nicht so einfach. Jane hat mich darauf hingewiesen, dass es doch eine gute Sache sei, dass er so weit weg wohnt, weil ich ihm so definitiv nicht über den Weg laufen kann. Ich glaube, sie hat recht. Ich weiß nicht, ob mir das hilft, ihn schneller zu vergessen, aber das wäre schön. Erzähl mir alles über den Abend, okay? Und versuch mich dabei nicht zu sehr zu schonen. Ich will die Wahrheit, die ganze Wahrheit und nichts als die Wahrheit … Auch wenn es wehtut. :)

Ich habe mir endlich selbst in den Hintern getreten und mich entschieden, mit Eli, Annie und Julie zur Halloweenparty zu gehen. Meine Mutter hat mir beim Schminken geholfen, damit meine Verkleidung nicht allzu mies aussieht, aber ich glaube immer noch, dass ich wie eine verwilderte Katze aussah. Felix hat sich als Jack Sparrow aus *Piraten der Karibik* verkleidet. Du kannst dir ja vorstellen, welche Wirkung das auf seine Groupies hatte!

Die Turnhalle war supercool dekoriert und wegen der Kostüme hatte ich Mühe, jemanden wiederzuerkennen, was mir aber wiederum dabei geholfen hat, unbemerkt an ihnen vorbeizukommen. Ich habe es trotzdem geschafft, die Chicks und die Clique von José zu entdecken, sie saßen alle zusammen an einem Tisch. Jane kam, um mich zu begrüßen, und in ihrem Zauberin-Kostüm habe ich sie kaum erkannt.

Jane: Hi! Amüsierst du dich?

Ich: Es ist weniger schlimm, als ich dachte. Ich muss zugeben, ich bin beeindruckt von der Deko. Ich hab dich gar nicht bei den anderen gesehen. Bist du gerade erst angekommen?

Jane: Ja, gerade rechtzeitig, um einen Krach zwischen Maud und José mitzubekommen, weil sie ihn dabei erwischt hat, wie er ein anderes Mädchen angesehen hat.

Ich: Oh! Du hast mein Mitgefühl! Wenn du mal eine Pause brauchst, dann weißt du, wo du mich finden kannst!

Jane: Ganz bestimmt! Ich muss zu den Toiletten, um sie zu beruhigen, aber ich bin gleich zurück!

Kurz darauf tauchten José und Alex neben mir auf.

José: Hallo Lea! Du siehst ganz schön sexy aus in deinem Kostüm. Hast du Lust zu tanzen?

Ich: Hä? Sexy? Ähm … äh … danke. (Warum stottere ich immer herum, wenn ich nervös bin? Das ist so peinlich!) Ich fürchte, ich muss passen, was das Tanzen angeht … Ich bin nicht wirklich gut und außerdem nicht gerade scharf darauf, dass Maud mir meine Schnurrhaare ausreißt.

Alex: Willst du stattdessen lieber mit mir tanzen? Ich bin auch nicht gut, aber zu zweit werden wir das schon hinkriegen!

Ich: ... Ähm ... Okay.

Wir haben ein wenig ungelenk zu einem Rocksong getanzt (wie tanzt man bitteschön zu Rock?) und dann kam ein langsamer Song. Mein Herz schlug auf einmal schneller. Außer mit Thomas habe ich noch nie so eng mit jemandem getanzt! Ich ließ mich vom Takt leiten und entspannte mich irgendwann. Alex roch nach Herbstlaub ... (Das meine ich als Kompliment! LOL!) Gegen Ende des Lieds löste er seine Wange von meiner, um mich anzulächeln und sein Mund hat dabei meine Lippen gestreift, was mir einen (angenehmen) Schauer über den Rücken gejagt hat. Ich hab zurückgelächelt und bin gegangen, um mich zu Annie zu setzen. Sie hat mir zugezwinkert.

Sie: Hmmm ... ich glaube, der schöne Alex findet dich ganz nach seinem Geschmack!

Ich: No way. Alex flirtet mit der ganzen Welt. Wir verstehen uns gut, das ist alles! Wo ist Eli?

Sie: Rate mal!

Sie hat in eine Ecke der Tanzfläche gedeutet. Eli tanzte mit Marianne. Ich verstehe nicht, was er an ihr findet. Ja, sie ist hübsch, aber sie war mir nie besonders sympathisch und ich finde sie ein wenig (total) oberflächlich.

Die Zeit ging ziemlich schnell rum und Jane kam zu uns rüber. Wir haben geredet und zu den Songs getanzt, die wir kannten. Ich wollte gerade nach Hause gehen, als Eli mich gefragt hat, ob ich mit ihm tanzen möchte (es lief ein langsames Lied). Er hat mich fest in seinen Armen gehalten und ich habe eine gewisse Spannung zwischen uns wahrgenommen. Wie zuletzt im Schülerzeitungsraum. Ich hob mein Gesicht an, um ihn anzuschauen und spürte seinen Atem auf meiner Wange. Ich zitterte, aber es war anders als bei Alex. Diesmal raste mein Herz. Über seine Schulter hinweg sah ich Marianne, wie sie uns aufmerksam beobachtete und Maud Sachen ins Ohr flüsterte. Ich verstand, dass sie wirklich etwas für Eli empfindet und mich sicher als ihre Erzfeindin betrachtet. Ich hatte absolut keine Lust, mich mit ihr zu streiten und meine Freundschaft mit Eli aufs Spiel zu setzen, nur um sie eifersüchtig zu machen.

Ich: Wenn Blicke töten könnten, hätte Marianne mich gerade mehrfach umgebracht!

Eli: Ach! Lass sie! Ich habe das Recht, mit meiner Freundin zu tanzen.

Ich: Liebst du sie?

Eli: Ich weiß nicht. Willst du, dass ich sie liebe?

Ich: Na ja, das ist nicht meine Entscheidung! Ich will, dass du tust, was du willst und auf dein Herz hörst.

Eli wendete sein Gesicht meinem zu. Wir tanzten sehr langsam und es war, als ob um uns herum die Welt aufhörte zu existieren. Das war wirklich das erste Mal in den letzten zwei Wochen, dass ich nicht an Thomas dachte. Ich fragte mich wieder, ob er mich küssen würde. Ich war hin- und hergerissen. Ich wusste, dass ich es wollte, aber ich fühlte nicht den Mut in mir, danach mit den Konsequenzen klarzukommen, geschweige denn mich damit zu befassen, was das bedeuten würde. In Wahrheit wollte ich mich einfach von jemandem geliebt oder begehrt fühlen. Unser Moment wurde von Maud gestört, die José anbrüllte.

Maud: Du bist so ein Arsch! Ich weiß echt nicht, warum ich meine Zeit mit dir verschwende! Ich verdiene jemanden, der mich respektiert und mich auf Händen trägt!
José: Jetzt übertreib mal nicht! Es ist nicht so, als wärst du die tollste Freundin der Welt. Nie bist du zufrieden und ich bin es echt leid, mir die ganze Zeit dein Gejammer anzuhören!
Maud: Ich *würde* mich nicht beschweren müssen, wenn du damit aufhören würdest, alle Mädchen der Schule anzubaggern! Ich ertrage das nicht mehr! Los, Mädels, wir hauen ab!

Maud stürmte aus der Turnhalle, dicht gefolgt von Lydia und Sophie. Marianne kam zu uns rüber und schaute mich an, als wäre ich ein Fall für den Sondermüll.

Marianne: Eli, ich gehe jetzt. Kann ich kurz mit dir reden?
Eli: Äh … Klar, ich tanze nur noch diesen Tanz mit Lea zu Ende.
Marianne: Nein, nein, schon gut. Mach weiter. Ich bin sowieso müde.

Ich löste mich von ihm und bin zurück zu Annie und Julie. Jane kam auf mich zu.

Jane: Ich bin gerade Maud im Flur begegnet. Ich habe keine Lust, mir ihr Selbstmitleid anzuhören, also werde ich nach Hause gehen.

    Ich: Ich komme mit! Ich hatte genug Emotionen für einen Abend. Bis Montag, Mädels!

Jane und ich gingen raus und setzten uns an einen Picknick-Tisch, während wir darauf warteten, dass unsere Eltern uns abholen würden.

Jane: Ist das nicht dein Bruder, der dort hinten gerade ein Mädchen küsst?

    Ich: Oh! Das ist schwer zu sagen, weil es so dunkel ist, aber ich glaube schon! Wer ist das Mädchen? Bestimmt eines seiner Groupies aus der Sec 5 …

    Jane: OMG! Das ist *kein* Groupie! Es ist Katherine!

Du kannst dir vorstellen, was für einen Schlag mir das versetzt hat! Im gleichen Moment kam mein Vater, was die Knutscherei von Katherine und Felix unterbrochen hat. Ich verabschiedete mich von Jane und versprach, sie heute anzurufen, und stieg ins Auto.

Mein Vater: Na, mein Schatz, schöner Abend?

    Ich: Schwer zu sagen. Das musst du mich morgen früh noch mal fragen!

Ich hatte schon geduscht und war schlafen gegangen, bevor Felix zurückkam, und heute Morgen hatte ich noch keine Gelegenheit, mit ihm zu sprechen, aber glaub mir, ich werde ihm sagen, was ich davon halte. Ich hab ihn nur um EINE EINZIGE SACHE gebeten – und er hat mich komplett ignoriert! Fazit: Du kannst dich extrem glücklich schätzen, einen kleinen Bruder zu haben und keinen großen, der denkt, er wäre Don Juan!

Ich glaube, ich hab ein Geräusch aus seinem Zimmer gehört. Ich werde die Gelegenheit nutzen und mit ihm sprechen. Versuch, später online zu sein, wenn du kannst, ich würde wirklich total gern mit dir reden!

Lea XOX

Samstag, 31. Oktober

13:42

Felix (online): Ich werde erst die Tür aufmachen, wenn du aufhörst zu schreien.

13:42

Lea (online): Ich werde erst aufhören zu schreien, wenn du aufhörst, dich wie ein Arsch zu verhalten.

13:43

Felix (online): Reg dich ab, Lea. Es war nur ein Zungenkuss.

13:44

Lea (online): Ich glaube, dir ist nicht klar, dass diese Mädels mich nicht leiden können. Und du hilfst mir nicht, indem du Katherine das Herz brichst.

13:45

Felix (online): Erstmal denke ich, dass du das von der falschen Seite betrachtest: Wenn ich Katherine und ihren Freundinnen näherkomme, werden sie realisieren, wie cool ich bin und sich bestimmt fragen, ob wir da ähnlich gepolt sind!

Im Ernst, ich könnte dir dabei helfen, dich ihnen anzunähern, indem ich ein gutes Wort für dich einlege.
Aber dafür musst du erst aufhören zu schreien.

13:48

Lea (online): Aber ich will mich ihnen ÜBERHAUPT NICHT annähern! Ich will nur, dass sie mich in Ruhe lassen.

13:48

Felix (online): Ich kümmere mich darum!

13:48

Lea (online): Und wie willst du das anstellen, Superman?

13:49

Felix (online): Ich fange damit an, Katherine hierher einzuladen, damit ihr Zeit zusammen verbringen könnt.
Du hast sie zu schnell verurteilt. Sie ist supercool!

13:50

Lea (online): Du meinst wohl eher, dass du sie scharf findest und lieber auf deine männlichen Instinkte hörst als auf deine kleine Schwester. Mach, was du willst, Felix, aber zieh mich nicht mit rein.
Ich will keine Zeit mit ihr verbringen. Bye!

An: Lea_love@mail.com
Von: Marilou33@mail.com
Datum: Sonntag, 01. November, 10:26
Betreff: Lahme Party ...

....

Hallo!

Wow! Na das nenne ich mal einen Freitagabend! Um dir die Orientierung zu erleichtern, habe ich meine Kommentare nummeriert:

1. Ich denke, dass Alex auf dich steht, aber ich weiß nicht, ob ich ihn mag oder nicht. Wie du weißt, bin ich nicht so leicht zu beeindrucken. :)
2. Ich bin mir SICHER, dass Eli auf dich steht und glaube, ihr wärt ein PERFEKTES Paar! Aber na ja, ich weiß schon, was du jetzt sagen wirst: Du liebst Thomas noch; er scheint auf Marianne abzufahren; er ist dein einziger Freund und du willst ihn nicht verlieren etc. Auch wenn das keine Rolle spielt: Ich bin für Team Eli! LOL!
3. Was deinen Bruder betrifft: Es überrascht mich nicht, dass er sich in Katherine verknallt hat! Ab dem Moment, wo du sie für ihn zur verbotenen Frucht erklärt hast, wollte er sie umso mehr! Mach dich nicht verrückt deswegen. Ich denke nämlich, wenn er wirklich mit ihr zusammenkommt, dann könnte dir das vielleicht helfen, besser mit ihr und ihren unausstehlichen Freundinnen klarzukommen ...

Was meine Party gestern angeht ... sterbenslangweilig! Wir hatten Spaß beim Verkleiden und Kinder erschrecken, danach sind wir runter in den Keller, um auf die anderen zu warten. Stephs Eltern haben ihr erlaubt, ungefähr 15 Leute einzuladen, aber am Ende sind nur 7 oder 8 gekommen. Laurie kam kurz nach JP an, was für eine so eisige Stimmung gesorgt hat, dass wir gezwungen waren, eine Mädchengruppe auf der einen und eine Jungengruppe auf der anderen Seite des Raums zu bilden. Thomas war der Letzte, der kam. Er hat mich begrüßt, aber ich habe ihn komplett ignoriert. Weil ich ständig nur noch auf die Uhr geschaut habe, habe ich Kopfschmerzen vorgetäuscht und bin nach Hause. JP hat die Gelegenheit genutzt, um sich ebenfalls zu retten. Ich freue mich schon so sehr auf Freitag! Endlich ein bisschen Action in meinem Leben! LOL!

Und du? Konntest du dich davon abhalten, deinen Bruder endgültig zu killen? Bin gespannt auf deine Neuigkeiten.

Deine BFF, die dich in fünf klitzekleinen Tagen wieder umarmen wird!

An: Marilou33@mail.com
Von: Lea_love@mail.com
Datum: Montag, 02. November, 17:32
Betreff: Manche Montage sind noch schlimmer als andere

....

Es tut mir leid für dich, dass die Party so langweilig war,

aber ich bin froh, dass du Thomas ignoriert hast. Es lebe die Solidarität! LOL! Ich hab jetzt schon seit zwei Wochen nichts mehr von ihm gehört. Ich weiß, ich sollte das nicht tun, aber ich habe ein bisschen darauf gehofft, dass er irgendwann einbrechen und mich anrufen würde, um mir zu sagen, dass er seine Entscheidung bereut. Es ist schräg, aber weil ich hier bin und ich ihn nicht jeden Tag sehen kann, realisiere ich irgendwie nicht immer, dass es wirklich aus ist. Aber wenn ich innehalte, um darüber nachzudenken, oder wenn ich morgens aufwache und sein Bild im Kopf habe, dann ist es wie ein elektrischer Schock. Ich habe versucht, mich abzulenken, aber ich muss zugeben, ich war oft kurz davor, einzuknicken und ihn anzurufen. Deshalb bin ich froh, dass du herkommst und mich tatkräftig daran hindern kannst, irgendwelche Dummheiten zu begehen. ;)

Heute Morgen kam ich in der Schule an und Annie erzählte mir direkt die große Neuigkeit: Eli ist offiziell mit Marianne zusammen. Ich habe sie sogar schon beim Raum der Schülerzeitung gesehen, wie sie sich geküsst haben und Händchen hielten. Es hat mich ein wenig überrascht, aber auch bestätigt, was ich dachte: Eli mag mich nur als Freundin, also auch wenn du sein großer Fan bist, wird bei uns nichts laufen! Heute Mittag hatte ich ein Treffen mit dem Zeitungsteam und habe ihn absichtlich gemieden. Diese Spannung von Freitag hat bewirkt, dass ich mich unwohl fühle, und ich will absolut nicht, dass er denkt, ich wäre in ihn verliebt und/oder eifersüchtig auf Marianne. Ich habe schon genug am Hals mit Maud, Katherine, meinen Bruder oder Eli und Marianne gar nicht mitgezählt! Also habe ich mir gedacht, ich halte ein wenig Distanz, bis sich alles wieder beruhigt hat. Er muss aber gemerkt haben, dass irgendetwas nicht stimmt, weil er mich nach dem Treffen angesprochen hat.

Eli: Hallo, du! Alles klar? Ich wollte dir gestern schreiben, aber du warst nicht online.
Ich: Ja, alles klar. Und du? Sorry, ich hatte gestern viel zu tun.
Eli: Was ist denn los, Lea? Warum gehst du mir seit heute Morgen aus dem Weg? Wenn es wegen Marianne ist, musst du dir keine Gedanken machen. Eigentlich wollte ich dir erzählen, dass …
Ich: Nein, Eli, es ist nicht wegen Marianne. Na ja, es ist ein bisschen wegen ihr, aber ich möchte nicht wirklich darüber reden. Mein einziger Freund und mein Bruder haben am gleichen Wochenende etwas mit zwei Mädchen angefangen, die mich beide nicht leiden können, also möchte ich einfach ein bisschen Abstand … Verstehst du?
Eli: Ja, aber meine Beziehung mit Marianne hat nichts mit dir zu tun, und ich möchte deswegen auf keinen Fall deine Freundschaft verlieren!
Ich: Das habe ich auch nicht gesagt. Es wäre mir nur lieber, wenn wir uns hier treffen könnten, wo wir zu zweit Zeit miteinander verbringen können.

Eric hat uns unterbrochen, um mir zu verkünden, dass mein Herzschmerztext nächste Woche in der Novemberausgabe erscheinen wird. Ich habe sein Auftauchen genutzt und mich diskret in Richtung Cafeteria geflüchtet. Ich weiß genau, was du jetzt sagst: Du denkst, dass ich eifersüchtig bin, weil er mit einem der coolen Chicks zusammen ist, aber das ist nicht der Fall, ich schwöre! Ich will einfach nicht in ihr Liebesdrama verstrickt sein ... Davon hab ich auch so schon mehr als genug!

Nach der Schule habe ich Jane zu einer kurzen Englischsession getroffen, um für unseren Test am Freitag vorbereitet zu sein. Ich habe ihr eine Zusammenfassung meines Wochenendes gegeben und sie hat mir erzählt, dass Maud und José eine Pause einlegen, weil sie sein Verhalten nicht mehr erträgt. Dagegen hatte ich nichts zu sagen, immerhin habe ich ihn ja in Aktion erlebt. Und es stimmt schon, dass er für einen Typen, der eine Freundin hat, viel zu flirty ist. So, das fasst mein neues Leben in Montreal zusammen! Hier ist überall viel los, außer bei mir! LOL!

Ich hab uns einen kleinen Plan erstellt, als Vorbereitung für deinen Besuch:

Freitagabend: Wir chillen mit *Gossip Girl*, weil du ja am Samstagmorgen deinen Wettkampf hast.

Samstagnachmittag: Shoppingtour durch die Stadt! Ich war mehrfach mit meiner Mutter und meinem Bruder dort, also finde ich mich ein bisschen besser zurecht. Aber keine Sorge, wir werden beide einen Stadtplan haben, um sicherzugehen, dass wir uns nicht verlieren!

Samstagabend: Meine Eltern wollen uns zum Essen nach Alt-Montreal einladen, dann kannst du selbst sehen, wie schön es ist. Ich warne dich schon mal vor: Felix wird auch dabei sein! LOL!

Sonntagmorgen: Traditioneller Lea-Lou-Brunch wie in alten Zeiten, wenn ich bei dir übernachtet hab! Meine Eltern haben versprochen, dass wir Unmengen ungesundes Zeug essen dürfen, ohne dass sie meckern.

Sonntagnachmittag: Wir könnten hier im Viertel spazieren gehen oder die Metro nehmen und auf dem Boulevard Saint-Laurent, in der Saint-Denis oder auf der Avenue du Mont-Royal shoppen gehen. Ein ziemlich ausgefüllter und immer noch halb-touristischer Tagesplan!

Sonntagabend: Abendessen mit meiner Familie und Filme schauen!

Montagmorgen: Ich bringe dich zum Hotel, damit du den Rest deines Teams treffen kannst und zum Bus kommst, bevor ich zur Schule gehe. Meine Eltern haben schon zugestimmt, mir eine Entschuldigung zu schreiben, dass ich später komme!

Was sagst du? Ich bin so aufgeregt!

Lea XOX

PS: Du hast die gleiche Theorie wie mein Bruder, was Katherine angeht. Er glaubt auch, dass seine neue Beziehung mir erlauben würde, mich mit dem »Feind« zu verbünden. Ich bleibe skeptisch, weil sie nicht gerade scharf darauf zu sein scheint, meine Freundin zu sein, aber ich verspreche dir, ich werde es zumindest versuchen.

An: Lea_love@mail.com
Von: Hello_KittyKath@mail.com
Datum: Dienstag, 03. November, 18:07
Betreff: Hallo

....

Hallo Lea!

Ich weiß, dass wir uns nicht so gut kennen und es bestimmt ein bisschen schräg für dich ist, dass ich mich mit deinem Bruder treffe, aber ich wollte dir sagen, dass ich dich supertoll finde und dich gerne besser kennenlernen würde. Weißt du, vielleicht fällt es dir ja nicht auf, weil du Felix jeden Tag siehst, aber er ist wirklich ein toller Kerl und er bedeutet mir wirklich viel. Ich bin *total* in ihn verliebt! Also hoffe ich, dass es auch zwischen uns beiden funkt und wir alle wie eine Familie gemeinsam Spaß haben werden, wenn ich bei euch zu Hause bin.

Luv

Katherine

An: Lea_love@mail.com
Von: Marilou33@mail.com
Datum: Mittwoch, 04. November, 07:42
Betreff: Haha!

....

Ich wollte dir nur kurz schreiben, bevor ich zur Schule gehe!
Ich habe gerade die Nachricht von Katherine gelesen, die
du mir gestern weitergeleitet hattest ... Ich weiß, du bist
entmutigt und denkst, dass sie ein bisschen (sehr viel) zu
dick aufgetragen hat, aber ich denke, sie meint es gut. Sieh
es so: Sie ist einfach ein weiteres Opfer von Felix′ Charme,
und im Grunde will sie dir nur gefallen und sich gut mit
dir stellen, damit es auch zwischen den beiden funktioniert.
Sie scheint mir ein bisschen naiv und gutgläubig zu sein,
aber sei nicht zu hart mit ihr. Ja, ihre E-Mail-Adresse hat
dich abgeschreckt ... und genauso das *luv* (ernsthaft???),
aber gib ihr eine klitzekleine Chance ... es ist nicht ihre
Schuld, dass sie als *KittyKath* auf die Welt gekommen ist!
Haha!
   Ich hoffe, dass wir am Wochenende alle wie eine Familie
gemeinsam Spaß haben werden, weil ich nämlich auch da
sein werde! LOL!
   Ich drück dich!
   Luv (Haha!)

Lou XXX

An: Marilou33@mail.com
Von: Lea_love@mail.com
Datum: Donnerstag, 05. November, 21:02
Betreff: Morgen! ^^

....

Hallo Lou!

Sorry, dass ich dir nicht früher geschrieben habe und auch nicht online war, aber ich war superbeschäftigt mit einem Wissenschaftsprojekt und der Vorbereitung für meinen Englischtest morgen. Ich habe nach der Schule volle zwei Stunden mit Jane verbracht, um noch einmal alles durchzugehen, und bin jetzt definitiv hirntot. LOL! Besser vorbereitet sein kann ich gar nicht, das muss also reichen.

Mein Bruder hat *KittyKath* gestern zum Abendessen eingeladen und ich muss zugeben, dass es besser gelaufen ist, als ich dachte, obwohl es einige schräge Momente gab. Vor meinen Eltern hat sie mit mir geredet, als wäre ich ungefähr zwei Jahre alt, aber als wir alleine waren, war sie natürlich und ziemlich nett. Sie ist mir also nur 50 % der Zeit auf die Nerven gegangen! LOL! Mein Bruder hat meinen Eltern beim Tischabräumen und in der Küche geholfen (zweifellos wollte er damit Katherine beeindrucken), und sie ist in der Zwischenzeit hoch in mein Zimmer gekommen. Sie hat mir eine Menge Fragen dazu gestellt, wie ich mich hier einlebe, und ich muss echt sagen, dass sie netter ist, als ich dachte. Ich habe erwartet, dass sie kalt und oberflächlich ist, also so wie Maud, aber sie hat mir erzählt, dass sie in der Sec 1 eine Zahnspange tragen musste und auch die totale Loserin war! Wir haben noch gemeinsam gelacht, als Felix reingekommen ist. Sie haben gefragt, ob ich mit ihnen zusammen einen Film schauen will, aber ich hatte keine besondere Lust darauf, die Anstandsdame zu spielen, und hab sie sich selbst überlassen.

Heute Mittag hab ich mit Eli im Zeitungsraum gegessen, weil er wollte, dass ich ihm dabei helfe, einen Artikel durchzugehen. Es war cool, Zeit mit ihm zu verbringen, ohne dass die anderen dabei waren (mit »die anderen« meine ich Marianne), und mit ihm lachen zu können, ohne mich ständig von den Chicks beobachtet zu fühlen. Du denkst bestimmt »jetzt ist sie total paranoid«, aber seit Maud und José diese Pause eingelegt haben, hat sie nichts anderes mehr zu tun, als andere Mädchen mit ihren Blicken zu durchbohren und über jeden zu lästern. Ich sollte also wirklich nicht in ihre Schusslinie geraten!

So, ich muss weg, ich will früh schlafen gehen, damit ich fit für meinen Test bin – und für dich natürlich! Ich werde um Punkt 18 Uhr an der Haltestelle bereitstehen! Ich hoffe, der Rest deiner Mannschaft hasst mich nicht zu sehr dafür, dass ich dich übers Wochenende kidnappe! LOL!

Bis Morgen! Freu mich!!!!!

Lea XOX

Samstag, 06. November

11:22

Jane (online): Hallo Lea! Ich bin gestern gar nicht mehr dazu gekommen, nach dem Test mit dir zu sprechen ... Wie ist es gelaufen?

11:23

Lea (online): Nicht so schlimm, wie ich dachte! LOL! Im Ernst, bei ein paar Fragen hatte ich Schwierigkeiten, aber im Großen und Ganzen war er besser als der letzte Test. Ein gutes Zeichen. ☺

11:25

Jane (online): Cool! Und du wirst sehen, unsere Präsentation wird genauso genial! ☺ Ist deine Freundin gut angekommen?

11:26

Lea (online): Ja! Gerade hat sie ihren Wettkampf, aber ich werde sie in einer Stunde treffen und wir machen eine Shoppingtour durch die Stadt! Ich freu mich schon! Willst du mitkommen?

Jane (online): Das ist superlieb, aber ich hab schon was vor ...
Maud hat Geburtstag und gibt eine Pyjamaparty,
und ich muss ihr bei den Vorbereitungen helfen.
Ich traue mich nicht, ihr in letzter Minute abzusagen,
weil sie ja so verzweifelt ist, seit sie nicht mehr mit
José zusammen ist. ;) Ich hätte dich eingeladen,
aber ich wusste, dass deine Freundin zu Besuch kommt ...

11:31

Lea (online): ... und Maud mich absolut nicht leiden kann. ;)
Das stimmt, versteh ich. Ich wünsch dir viel Spaß.
Wir sehen uns am Montag in der Schule! XX

11:31

Jane (online): Bis Montag, Lea!

An: Lea_love@mail.com
Von: Marilou33@mail.com
Datum: Montag, 7. November, 20:42
Betreff: ☹

....

Ich bin auf dem Rückweg in mein ödes Zuhause, mein ödes
Dorf und zu meinen öden Freunden. :(Die Zeit mit dir ist
viel zu schnell vorbeigegangen, Lea! Danke noch mal für
das tolle Wochenende! Es war echt klasse, die Zeit nur mit
dir zu verbringen und gemeinsam Montreal zu entdecken.
Ich weiß, die Stadt ist dir zu groß, und du fühlst dich manchmal allein, aber ich finde, du hast ehrlich Glück, noch mal
von vorne anfangen zu können … Ich bin es echt leid, einfach jeden Tag die gleichen Menschen zu sehen. Ich kann
das Cegep[1] kaum noch erwarten. Dann kann ich meine
Eltern vielleicht überreden, dass ich zu dir nach Montreal
ziehen darf.

Ich hoffe, die Rückkehr in die Realität war nicht zu hart
für dich. Lass dich nicht ärgern von *Maud the Fraud* (ich bin
sooo kreativ! LOL!), die dich nicht zu ihren Partys einladen
will. Auch wenn du sagst, es würde dich nicht stören, weiß
ich, dass du es nicht magst, wenn du Leuten nicht gefällst,
und noch viel weniger, wenn dich jemand ohne Grund verabscheut. ;) Meine Meinung: Sie ist eifersüchtig auf dich
und ich glaube, dass du dich nicht von ihren Launen schikanieren lassen solltest. Auch wenn du es nicht glauben
willst, du bist schon jetzt von einer Menge Menschen um-
geben, die dich mögen, und darum ist es einfach Pech für
sie, wenn sie nicht kapiert, wie wunderbar du bist! So. Ich

hör jetzt auf, dir Honig um deinen Damenbart zu schmieren, sonst fängst du noch an zu heulen. LOL!

Ich muss weg, meine Eltern gehen aus und ich muss auf meinen kleinen Bruder aufpassen, der alle zwei Minuten um Aufmerksamkeit bettelt ... Noch mal danke für alles, Lea! Du bist die *beste BFF der Welt*!

Lou X

An: Marilou33@mail.com
Von: Lea_love@mail.com
Datum: Dienstag, 08. November, 18:54
Betreff: Novemberblues ...

Lou! Du fehlst mir so sehr ... Ich schwöre, wenn du in Montreal bist, dann ist es ein wenig so, als ob mein Leben wieder vollständig wäre! Ich fange zwar langsam an, mich an mein neues Leben hier zu gewöhnen, aber etwas fehlt ... und das bist du!! Ich bin sehr dafür, dass du deinen Eltern Druck machst, nach der Secondaire hierher zu kommen. Stell dir das nur mal vor! Wir könnten unsere Wohnung einrichten, wie wir wollen, ewig ausschlafen und die ganze Nacht Serien schauen!!!

Bis es so weit ist, muss ich damit klarkommen, wieder in der Sec 3 zu sein, mit einem Haufen Leute, die ich nicht kenne. :'(Die gute Nachricht: Ich habe 75 % in meinem Englischtest richtig! Das ist jetzt nicht ultra, aber schon eine enorme Verbesserung im Vergleich zum Anfang des Schuljahrs und ich fühl mich zumindest weniger ahnungslos als vorher. Ich schulde Jane wirklich ein riesiges Dankeschön, weil ich genau weiß, dass ich das ohne sie nie geschafft hätte!

Ab nächster Woche werden wir mit den Vorbereitungen für unsere Präsentation Anfang Dezember beginnen müssen, weil ich noch einen langen Weg vor mir habe, bevor man mein Englisch verstehen kann. Wenn ich spreche, dann ist es, als ob ich eine heiße Kartoffel im Mund herumrollen würde, und es fällt mir wirklich schwer, die Wörter richtig auszusprechen. LOL! Und ich will Jane nicht enttäuschen, also plane ich viel Zeit ein, in der ich selbst üben will.

Morgen erscheint die Novemberausgabe der Schülerzeitung. Du kannst dir bestimmt vorstellen, wie nervös ich bin, dass jeder wissen wird, dass ich Liebeskummer habe! Ich hätte auf mich selbst hören und anonym bleiben sollen! Was soll ich tun, wenn alle mich anstarren und auslachen, weil sie wissen, dass ich verlassen worden bin? Ich weiß, was du denkst: Ich soll nicht so viel auf die Meinung der anderen hören … Ich kann nur wiederholen: Manchmal wäre ich wirklich lieber wie du!

Und du? Hartes Wiedersehen mit dem Kartoffelkopf? Nerven dich Steph und Seb noch genauso sehr mit ihrer unendlichen Liebe wie vorher? Ich habe ganz vergessen, dich zu fragen, aber ist Laurie mittlerweile über die Trennung mit JP hinweg? Hast du irgendwas von Thomas gehört? War ich subtil genug mit meiner Fragerei, oder hast du mich durchschaut? ;) Lass was von dir hören, ich vermisse dich jetzt schon!

Lea XOX

MANUS BLOG

Füge einen Titel hinzu: Ich kann ihn einfach nicht vergessen

Beschreibe dein Problem: Hallo Manu! Vor einigen Wochen hat
mein Freund mich verlassen und seitdem habe ich nichts
mehr von ihm gehört. Ich weiß, dass ich nach vorne schau-
en und mich neuen Dingen zuwenden sollte, aber ich kann
ihn einfach nicht vergessen, geschweige denn abhaken.
Ich grüble die ganze Zeit darüber nach, ob er wohl noch an
mich denkt oder ob es ihm genauso wehtut. Ich weiß, dass
unsere Beziehung durch die Entfernung immer schwieriger wurde und dass wir uns immer mehr gestritten haben,
aber ein Teil von mir weigert sich zu glauben, dass es endgültig vorbei ist. Meine Freunde meinen, ich sollte ihn einfach vergessen, aber ich frage mich manchmal, ob ich ihn
anrufen soll, um alles mit ihm zu klären und um zu wissen,
wie er sich fühlt. Wie denkst du darüber?
Lea

*Manu beantwortet jede Woche zwei Fragen.
Vielleicht ist ja beim nächsten Mal deine dabei …*

An: Lea_love@mail.com
Von: Marilou33@mail.com
Datum: Mittwoch, 09. November, 12:02
Betreff: Na???

Na? Heute ist der große Tag, an dem dein Text erscheint, oder? Mach dir nicht so einen Kopf um das Urteil der anderen. Alle, die schon einmal verliebt waren und deren Herz gebrochen wurde, werden von deinem Text sehr berührt sein. Ich bin stolz auf dich und darauf, was du erreicht hast! Außerdem ist das eine gute Gelegenheit, um aus dem Schatten zu treten und zu zeigen, wozu du in der Lage bist, Lea Olivier!

Nun zu deinen Fragen:

Steph und Seb sind dermaßen verliebt, dass ich es nicht mehr aushalte und im PC-Raum Mittag esse.

Laurie erholt sich nach und nach von ihrem Herzschmerz. Sie hat mir erzählt, dass sie auf einen Freund ihres Bruders steht, das bringt sie auf andere Gedanken.

Gestern nach dem Schwimmen bin ich JP über den Weg gelaufen. Er kam gerade vom Basketballtraining und bot mir an, mich nach Hause zu begleiten. Ich schwöre, er ist superlieb und ich habe ihn (vielleicht ein bisschen) zu schnell in eine Schublade gesteckt. Er erzählte mir, dass er nie wirklich mehr für Laurie empfunden hat, aber alle wären so begeistert davon gewesen, dass sie zusammengekommen sind, also hat er sich dazu hinreißen lassen, nichts zu sagen. Als sie ihm gesagt hat, dass sie ihn liebt, konnte er nichts tun, als ihr zu sagen, dass er lieber nur ein Freund für sie sein würde. Logischerweise werde ich das Laurie nicht erzählen (kannst du dir vorstellen, wie sie reagieren würde? LOL!), aber es erklärt einiges. Außerdem hat er mir erzählt, dass er aufgehört habe zu kiffen, weil das nicht gut für sein Training sei. Er würde gern professionell Basketball spielen und so schnell wie möglich aus unserem Kaff rauskommen. Wir haben also etwas gemeinsam: Sport und den Wunsch, von hier wegzukommen! LOL! Vielleicht ist er doch nicht so blöd, wie ich dachte.

Das Krasseste hab ich mir bis zum Schluss aufgehoben: Sarah Bernard hat mich heute Morgen bei den Schließfächern angesprochen! Kannst du dir das vorstellen? Sie hat echt einen Knall! Hier eine Zusammenfassung unseres »Gesprächs«:

Sarah: Hallo, Marilou. Kann ich mit dir reden?

Ich: Äh ... Was gibt's?

Sarah: Ich weiß, dass deine Freundin denkt, dass es meine Schuld ist, dass sie nicht mehr mit Tom (sie nennt ihn Tom!!!) zusammen ist, aber du musst ihr klarmachen, dass ich nichts damit zu tun habe, weil mein Freund sonst auf schräge Gedanken kommt. Ich weiß nicht, was euer Problem ist, aber vielleicht solltet ihr mal runterkommen.

Ich: Erstens bin ich absolut gechillt und zweitens lebt Lea in Montreal, also würde es mich mal interessieren, wie sie dir irgendwelche Schwierigkeiten machen soll. Es ist nicht mein Problem, dass du nicht ehrlich zu deinem Freund bist und er dir deshalb nicht vertraut.

Sarah: Das ist sehr wohl dein Problem, wenn deine

Freundin daran schuld ist und sie gerade nicht hier ist, um für sich selbst zu sprechen.

Ich: Wenn du damit aufhören würdest, dich wie eine Klette an Thomas zu hängen, würde dein Freund vielleicht auch damit aufhören, auf blöde Ideen zu kommen.

Sarah: Wenn du dich um deine eigenen Angelegenheiten kümmern würdest, wäre dein Leben vielleicht nicht so armselig.

Ich: Wenn du jetzt nicht hergekommen wärst, um mit mir zu reden, und wenn du nicht existieren würdest, wäre meiner Freundin nicht das Herz gebrochen worden und du hättest mir mit deiner hässlichen Fresse nicht meinen Morgen ruiniert. (Ich war echt stolz auf mein Comeback! LOL!)

Daraufhin fing sie an zu weinen und ich ging ein paar Schritte auf Abstand, weil ich ernsthaft dachte, dass sie mir gleich eine reinhauen würde. Thomas tauchte gerade rechtzeitig auf, um uns zu trennen.

Thomas: He! Was ist denn hier los?

Ich: Folgendes *ist los*: Deine Freundin oder deine feste Freundin oder deine Mätresse oder deine *was auch immer*, ist absolut am Ausrasten und denkt, Lea und ich hätten uns heimlich gegen sie verschworen.

Sara: Ja, aber es ist ihre Schuld, dass Jonathan langsam paranoid wird!

Thomas: Okay. Komm mit, Sarah. Wir werden darüber reden. Sorry, Marilou. Das wird nicht noch mal vorkommen.

Ich: Das hoffe ich. Du hast schon genug angerichtet.

So. Das wars. Ich hoffe, dass das deine Neugier befriedigt ...
Ansonsten habe ich keine Details für dich, was Thomas angeht, aber so viel ist sicher: Sarathan sind nicht so perfekt,
wie alle denken ... Wie heißt es doch so schön? Wie man in
den Wald ruft, so schallt es heraus! LOL!

Lou XX

An: Marilou33@mail.com
Von: Lea_love@mail.com
Datum: Mittwoch, 09. November, 20:27
Betreff: Wow!

Ich muss zugeben, ich hätte alles erwartet, aber keinen An-
griff von Sarah Bernard. LOL! Das tut mir leid, Lou, vermutlich ist das ein bisschen meine Schuld, dass sie dich in
dieses Drama reingezogen hat und so ausrastet, aber andererseits fällt mir niemand ein, der besser als du meine Ehre
hätte verteidigen können. Thomas muss sich echt furchtbar
fühlen ... Komm nicht auf den Gedanken, dass ich ihn be-
mitleide. Es ist nur so, dass es mir zu schaffen macht, nichts
von ihm zu hören ... Verstehst du das?

Themenwechsel ... Höre ich da heraus, dass du vielleicht
ein ganz kleines bisschen dabei bist, dich in JP zu verlieben?

Ich könnte das gut verstehen. Ich fand ihn immer ziemlich süß mit seinem rasierten Schädel und seinen großen
blauen Augen. Du solltest ihn wirklich besser kennenler-

nen ... und dir nicht zu viele Gedanken wegen Laurie machen. Am Ende wird sie damit klarkommen!

Ich hatte heute einen ziemlich bewegenden Tag. Als ich heute Morgen in die Schule kam, war die Zeitung schon raus. Eli begrüßte mich mit einem fetten Grinsen, und das Zeitungsteam lud mich ins Presse Café zum Mittagessen ein, um zu feiern. Ehrlich gesagt war ich ein bisschen froh darüber, der Schule entfliehen zu können, weil ich bemerkt habe, dass mich die Leute ein bisschen anstarrten. Und ich schwöre, dass ich mir das nicht nur einbilde! Da war ein Mädchen aus der Sec 2, die mich nach meinem Französischkurs angesprochen und mir erzählt hat, dass sie mich total versteht. Ich weiß, das ist eher positiv, aber ich will nicht im Zentrum der Aufmerksamkeit stehen (das überlasse ich Maud! LOL!). Nach der Schule traf sich Alex mit José bei den Schließfächern und machte kurz bei mir Halt.

Alex: Hallo, Lea. Das ist schön, was du da geschrieben hast. Ich wusste nicht, dass dein Ex dir so sehr das Herz gebrochen hat.

Ich: Na ja, Trennungen sind immer mies.

Alex: Liebst du ihn noch?

Ich: Jein. Es ist kompliziert.

Alex: Also, wenn du mal Ablenkung nötig hast, dann weißt du ja, wo du mich findest ...

Er zwinkerte mir zu, woraufhin ihn José ordentlich mit dem Ellenbogen anstieß, was uns dann alle total zum Lachen brachte. Ich sah mich um und registrierte, dass Maud uns mit einem hinterhältigen Blick beobachtet hat. Ich schwöre, es lief mir eiskalt den Rücken runter! Ich habe versucht, sie zu ignorieren, aber als ich an ihr vorbei wollte, stellte sie sich mir in den Weg.

Maud: Ich weiß ja nicht, für wen du dich hältst, Lea Olivier, aber es geht auf gar keinen Fall klar, dass du *deine* Finger nach *MEINEM* Freund ausstreckst.
Ich (inspiriert von deinem Auftritt): Ich bin nicht an deinem EX-Freund interessiert, also lass mich in Ruhe.
Maud: Und du wirst weder beliebt noch wirst du deinen schönen Thomas dadurch zurückbekommen, indem du diese debilen Texte schreibst! Und noch was: Halt dich von meinen Freundinnen fern. *Bye, Loserin!*

Woher weiß sie bitte, dass mein Ex Thomas heißt? Denkst du, dass Jane es ihr erzählt hat und sie sich über mich lustig machen und lästern? Ich weiß, dass sein Name bei einigen Gelegenheiten gefallen ist, aber ich kann mich nicht erinnern, dass ich ihn Maud gegenüber erwähnt hätte. Auch wenn es lächerlich ist, ihre Sprüche haben mich verletzt, und als ich Annie und Eli vor der Schule getroffen habe, war ich ziemlich geknickt. Eli hat es gespürt und mir vorgeschlagen, eine Runde spazieren zu gehen. Ich erzählte ihm, was mich beschäftigt, und er sagte, dass ich mir nicht so große Sorgen darüber machen soll, weil die meisten Leute mich wirklich nett finden würden.

Ich: Ja, aber es gibt auch solche wie Maud und Sarah Bernard, die mich richtig hassen, und ich weiß nicht, was ich tun soll, damit sie mich mögen. Ich will Maud doch nicht

Jane oder José wegnehmen! Vielleicht sollte ich mich ein wenig zurückziehen. Ich denke, dass ich für eine Neue ziemlich viel Raum für mich beanspruche.

Eli: Haha! Du bist echt verrückt, Lea Olivier, aber genau deswegen sind wir Freunde geworden! Reg dich nicht auf wegen Maud. Ich weiß aus sicherer Quelle, dass Jane dich sehr mag, und seit Katherine mit deinem Bruder zusammen ist, erzählt sie nur Gutes über dich! Das hat mir Marianne erzählt.

Ich: Marianne? Noch eine, die mich nicht leiden kann.

Eli: Das stimmt nicht. Sie ist ein wenig leicht zu beeinflussen, aber ich denke, das liegt vor allem daran, dass sie dich nicht kennt. Da du wolltest, dass sich die Dinge nicht überschneiden und wir uns lieber allein treffen, hattest du ja genauso wenig die Chance, sie kennenzulernen.

Ich: Ja. Vielleicht hast du recht. Wichtig ist, dass ich weiß, dass ich auf dich und unsere Freundschaft zählen kann.

Eli: Ich verspreche dir, für immer dein Freund zu sein.

Ich fühlte mich viel besser, nachdem ich mit Eli gesprochen hatte, aber ich bin irgendwie immer noch geknickt. Meine Mutter meint, dass es bestimmt am November liegt (grau, grau und noch mal grau). Die Erklärung ist vielleicht ein wenig zu einfach, aber für heute reicht sie mir. :)

Ich muss weg: Felix und Katherine wollen einen Horrorfilm mit mir schauen. Ich könnte wirklich ein bisschen Ablenkung gebrauchen, auch wenn ich mir ein wenig wie das fünfte Rad am Wagen vorkomme!

Lea XOX

Kapitel 8

Dreiecks-beziehun-gen

Freitag, 10. November

21:22

Marilou (online): Huhu! Ich bin überrascht, dass du online bist!
Was machst du an einem Freitagabend zu Hause?
Nichts Aufregendes los in der Großstadt?

21:25

Lea (online): Nein. ☹ Felix ist mit Katherine, Marianne und Eli im Kino.
Es ist echt schräg, dass sie was zusammen unternehmen,
und obwohl ich ein bisschen eifersüchtig bin, stand es absolut
außer Frage, dass ich mitkomme. Ich will nicht das fünfte Rad
am Wagen sein! LOL! Deshalb habe ich mich fürs klassische
Loserinnen-Abendprogramm mit Honigdonuts und Mädchenfilmen
entschieden. Und du? Nichts Aufregendes los im Kaff?

21:28

Marilou (online): Jein ... Tatsächlich war ich mit JP im Park
spazieren und bin vor knapp einer Stunde zurückgekommen ...

21:29

Lea (online): UUUUUHHHH!
Bitte, ich will alle Details!!!

Marilou (online): Wir haben über alles und nichts geredet.
Er hat mich gefragt, ob ich einen Freund habe …
Ich habe ihm von meinem Reinfall mit Cedric erzählt.
Er fand es lustig, dass ich so stolz bin! Ich muss zugeben,
dass ich ihn mag, aber ich will Laurie nicht wehtun.

21:34

Lea (online): Ja, ich denke, du solltest mit ihr reden.
Wenn du ehrlich mit ihr bist, wird sie sich
nicht von dir hintergangen fühlen.

21:34

Marilou (online): Ja, aber du weißt genauso gut wie ich,
dass sie trotzdem total verletzt sein wird. Du kennst sie ja …
Ich habe Angst, dass sie mir die Freundschaft kündigt
oder Steph gegen mich aufbringt.

21:36

Lea (online): Dann rede doch zuerst mit Steph.
Sag ihr, dass du immer mehr Zeit mit JP verbringst und ihn toll findest,
aber dass du Laurie nicht verletzen willst. Sie ist enger mit Laurie als
du, also kann sie dir vielleicht besser sagen, was zu tun ist.

Marilou (online): Gute Idee. Ich werde mal abwarten, wie es morgen läuft ... JP hat gefragt, ob ich zu ihm kommen mag, um einen Film zu schauen (Sie haben schon den ersten Schnee angekündigt!! Kannst du dir das vorstellen?).
Wenn es zwischen uns funkt, werde ich mit Steph reden.
Aber ich will da noch nicht zu viel rein interpretieren.
Vielleicht spielt sich alles nur in meinem Kopf ab
und er will nur mit mir befreundet sein.

21:40

Lea (online): Er würde nicht wie eine Fliege um dich rumschwirren, wenn es nur um Freundschaft ginge!

21:41

Marilou (online): Und Eli und du, ist das auch nur Freundschaft? ;)

21:42

Lea (online): Ja, klar! Außerdem hat er schon eine Freundin ... und ich ein gebrochenes Herz. ☹ Er ist mein einziger wirklicher Freund hier und so wird es auch bleiben! Komm bloß nicht auf irgendwelche Ideen ...

Marilou (online): Und was ist mit Alex?

Lea (online): Alex ist nur ein (absolut heißer) charmanter Typ, der gut Süßholz raspeln kann. Das ist alles!

Marilou (online): O.K.! LOL! Ach ja! Falls es dich aufmuntert: JP hat mir erzählt, dass Thomas wirklich down ist, seitdem ihr Schluss gemacht habt. Er hat gesagt, dass er seine gesamte Zeit in der Werkstatt verbringt, seine Noten im Keller sind und er ihn kaum noch sieht. Siehst du? Du warst das einzig Gute in seinem Leben und jetzt, wo du nicht mehr da bist, fällt alles auseinander. Pech für ihn, das hätte ihm früher klar werden müssen!

Lea (online): Das überrascht mich nicht zu sehr … aber es tut trotzdem weh, zu wissen, dass er eine harte Zeit hat.

21:48

Marilou (online): Ich verbiete dir, ihn zu bemitleiden! Lass dich sofort vom heißen Alex ablenken ... LOL!

21:48

Lea (online): LOL! Ich denk drüber nach. ;)
Ich werde jetzt meinen Film weiterschauen ...
Viel Spaß mit JP morgen!
Danach will ich ALLE Details wissen!

21:49

Marilou (online): Versprochen!
Gute Nacht, Süße!
I U

21:50

Lea (online): I U2! ☺

An: Stephlabella@mail.com
Von: Marilou33@mail.com
Datum: Sonntag, 12. November, 14:30
Betreff: Dein Rat ist gefragt

....

Hallo Steph!

Ich hab versucht, dich zu erreichen, aber deine Mutter hat gesagt, dass du bei deinem Vater bist, und ich hatte die Nummer nicht. :S

Ich hab gehofft, dich online zu erwischen, aber offenbar bist du viel beschäftigt (bestimmt mit Seb ;)))!

Na ja, ich wollte mit dir über was Persönliches reden. Ich weiß nicht, ob du es bemerkt hast, aber ich hab JP in der letzten Zeit ein bisschen besser kennengelernt. Wir haben viel Zeit miteinander verbracht und verstehen uns ziemlich gut. Ich wusste nicht, wohin sich das entwickelt, aber gestern Abend war ich bei ihm zu Hause und er hat mir gesagt, dass er sich in mich verliebt hat und mich gefragt, ob ich mit ihm zusammen sein will. Ich weiß, ich mache mich immer lustig über Seb, Thomas und JP und finde sie manchmal doof, aber mir ist klar geworden, dass ich manchmal zu schnell über Menschen urteile … die Wahrheit ist nämlich, dass mir JP jetzt nicht mehr so ganz egal ist. :)

Das Problem bei der ganzen Sache ist, dass ich Laurie nicht verletzen will. Ich weiß, dass sie auf den Freund ihres Bruders steht, aber sie hat auch wochenlang wegen JP getrauert und es kommt mir so vor, als ob sie ihn noch liebt.

Du kennst sie besser als ich, also würde ich gern wissen, wie du darüber denkst ... Einerseits will ich sie nicht verletzen oder ihre Freundschaft wegen eines Typen verlieren, aber andererseits weiß ich nicht, wie ich es anstellen soll, so zu tun, als würde ich JP nicht gern haben und ihn vergessen, als ob nichts geschehen wäre. Er weiß, dass ich mich schlecht fühle, und ich habe ihn gebeten, mir Zeit zum Nachdenken zu geben ... Ich hoffe, dass du mir helfen kannst und mir nicht böse bist.

Lass mich wissen, was du davon hältst.

Marilou XOX

An: Marilou33@mail.com
Von: Lea_love@mail.com
Datum: Montag, 13. November, 16:58
Betreff: Endlich!

....

Ich finde die Idee richtig gut, Steph zu schreiben und ihr die Wahrheit zu sagen. Was mich betrifft, ich freue mich, dass du jemanden gefunden hast, der dir gefällt und der keine Freundin hat. :) Ich finde, du hast es verdient, glücklich und verliebt zu sein, und wenn ich du wäre, würde ich mir nicht zu viele Gedanken wegen Laurie machen. Du sagst doch selbst, dass sie total übertreibt. Sie wird irgendwann darüber hinwegkommen! Es ist ja nicht so, als ob die beiden ewig zusammen gewesen wären, oder als ob du dich jetzt jeden Tag in jemanden verlieben würdest. Und es ist ja nicht »irgendjemand«, es ist JP! Wer hätte gedacht, dass du dich irgendwann für einen von Thomas´ »blöden« Freunden interessieren würdest? Ich weiß, er hat sich verändert und ist erwachsener geworden, aber ich denke, dass du ihm helfen wirst, auf dem richtigen Weg zu bleiben ... ein bisschen so, wie das bei Thomas und mir am Anfang war.

Heute Mittag hab ich mit Jane gegessen. Ich wollte gerade zu meinen Zeitungsfreunden, als sie mich am Arm packte und mich anflehte, sie vor Maud zu retten.

Ich: Es scheint nicht besser zu werden zwischen ihr und José.

Jane: Absolut nicht. José fährt auf ein Mädchen aus der Sec 5 ab und Maud zerfällt in tausend Stücke. Ich versuche, eine gute Freundin zu sein und sie zu trösten, aber manchmal kommt es mir so vor, als drehte sich die ganze Welt nur um sie.

Ich: Da kann ich dir nicht widersprechen.

Jane: Ich schwöre, sie ist nicht böse ... Sie ist total unsicher. Und weil Sophie und Lydia sich geradezu darum streiten, wer von beiden Mauds Wünsche zuerst erfüllen darf, muss sie sich um ihre Freunde einfach keine Gedanken machen. Sie verhält sich anders, wenn wir allein sind. Dann lässt sie quasi ihre harte und ätzende Maske fallen und ist mehr sie selbst. Aber gerade ist sie dermaßen in ihrer eigenen Problemwelt gefangen, dass es mir vorkommt, als würde ich gar nicht existieren. Auf jeden Fall ... Tut mir leid, ich texte dir gerade die Ohren mit meinen Problemen voll.

Ich: Überhaupt nicht! Im Gegenteil! Es hilft mir sogar, nicht mehr so sehr an meine zu denken!

Danach sprachen wir über unsere Präsentation in Englisch. Wir wollen einen Sketch aufführen – komplett mit Verkleidung und Rollenspiel! Allein hätte ich mich das niemals getraut, aber Jane ist absolut furchtlos. Was das angeht, ist sie ein bisschen wie du, ich glaube, deshalb verstehe ich mich auch so gut mit ihr. Unsere Unterhaltung hat mich ein wenig beruhigt, weil sie mir gezeigt hat, dass Jane eine loyale Freundin ist (sie hat Maud sogar dann noch verteidigt, als sie sich über sie beschwert hat!) und ich glaube nicht, dass sie meine Geheimnisse weitererzählt. Ich wollte trotzdem sicher sein.

Ich: Jane, weißt du, warum Maud mich so hasst?

Jane: Nicht wirklich. Du kennst mich gut genug, um zu wissen, dass ich nicht hinter dem Rücken anderer Leute rede, also hab ich jedes Mal, wenn sie versucht hat, zu lästern, gesagt, dass du superlieb bist und ich nichts hören will.

Ich: Das beruhigt mich. Ich frage mich nur, wie sie es geschafft hat, persönliche Dinge über mich rauszubekommen, wie zum Beispiel den Namen meines Ex. Und irgendwie hatte ich Angst, dass ihr über mich reden würdet.

Jane: Niemals! Bestimmt hat Marianne ihren Mund aufgerissen. Vielleicht solltest du Eli sagen, dass er vorsichtiger sein soll. Außerdem glaube ich, dass Marianne eifersüchtig auf dich ist und absolut kein Problem damit hat, alles gegen dich zu verwenden, was sie weiß.

Ich: Super, noch eine Feindin. Das hab ich gerade noch gebraucht! Ich hab schon mit Maud alle Hände voll zu tun!

Katherine: Hey, Mädels! Kann ich mit euch zusammen essen? Ich kann ihnen echt nicht mehr länger beim Lästern zuhören!

Katherine hat sich zu uns gesetzt und wir haben die Mittagspause damit verbracht, uns lustige Geschichten zu erzählen! Als ich aufgestanden bin, um zu meinem Schließfach zu gehen, habe ich Lydia und Maud gesehen, wie sie mich anschauen und dabei lachen. Ich weiß, sie sind nur neidisch, aber ich denke nicht, dass mich jemals irgendjemand so sehr gehasst hat wie die coolen Chicks. ☹ Und das war noch nicht alles: Als ich bei meinem Schließfach ankam, hat Eli mir einen Artikel gebracht, den ich für ihn durchsehen sollte. Mariannes Antennen müssen ihr irgendwie signalisiert haben, dass wir gerade zusammen waren, weil sie uns sofort unterbrochen hat, indem sie ihn demonstrativ am Arm packte und wild abknutschte! Ich war echt sprachlos. Ich hab mir einfach meine Bücher geschnappt, mein Schließfach zugemacht und bin zu meinem Französischkurs. Ich hab Annie alles erzählt und sie hat mich vor Marianne gewarnt. Offenbar ist sie noch hinterhältiger als Maud … Das kann noch heiter werden! Ich werde auf keinen Fall mit Eli darüber sprechen. Er muss selbst herausfinden, dass seine Freundin ein Fall für die Klapse ist! LOL!
Hast du schon eine Antwort von Steph? Lass mich wissen, was es Neues gibt!

Lea XOX

An: Lea_love@mail.com
Von: Marilou33@mail.com
Datum: Montag, 13. November, 19:02
Betreff: Soll ich?
1 Anhang: E-Mail Steph

Hallo Lea!

Du Arme … Ich fühle total mit dir! Hier ist es zwar auch scheiße, aber ich glaube nicht, dass wir so viele miese Mädels pro Quadratmeter haben wie du. Sarah ist so ziemlich die Einzige in ihrer Clique. LOL! Ich weiß, dass du stark bist und es schaffst, dem Feind zu widerstehen! Spaß beiseite, ich weiß, dass es dir nicht so leicht fällt wie mir, wenn es darum geht, dich zu verteidigen und zu sagen, was du denkst, aber ich glaube, dass mein (vielleicht ein bisschen zu) explosiver Charakter dir über die Jahre gezeigt hat, wie du es anstellst, dass nicht alle auf dir herumtrampeln. Ich glaube außerdem, dass du viel diplomatischer bist als ich und dass dir das supernützlich sein wird bei M&M (Maud und Marianne). Statt dich auf ihr Niveau zu begeben, könntest du ihnen einfach direkt gegenübertreten und absolute Ruhe bewahren. Dazu wäre ich niemals fähig, aber du kannst das, da bin ich sicher! Ich verstehe, dass eine von ihnen die Freundin deines Freundes und die andere die kleine Miss Jeder-liebt-mich ist, aber das sollte dich nicht davon abhalten, deinen Standpunkt zu vertreten, wenn sie dich weiterhin schikanieren!

BTW, es war *deine* Idee, Steph zu schreiben und sie um

Rat zu fragen und du hattest natürlich recht damit! Offenbar war sie beeindruckt von meiner Ernsthaftigkeit (und von meiner Reife ... oh ja, Madame!), weil sie sich wirklich für mich zu freuen scheint! Ich hab dir ihre Mail angehängt, damit du sie selbst lesen kannst. Was denkst du? Soll ich JP ein Ja geben und einfach versuchen, es noch eine Weile geheim zu halten?

Lou XOX

Anhang:

Hallo Marilou!

Na sowas, du kleine Heimlichtuerin, ich hätte nie vermutet, dass da was zwischen dir und JP laufen würde! Das ist cool! Ich freue mich wirklich für euch beide! Ich weiß, dass es idiotisch klingt, aber ich bin sooo happy, endlich ein anderes Pärchen zu haben, mit dem man was zusammen unternehmen kann! LOL! Spaß beiseite, ich denke, dass ihr ein tolles Paar abgebt. Gib zu, er ist nicht so langweilig, wie du dachtest! Er ist supersportlich (wie du), er ist um einiges ernster als Thomas und Seb (*seufz*) und er ist total ambitioniert! Wenn ich du wäre, würde ich ihm auch eine Chance geben. ;)

Ich weiß, dass du besorgt bist wegen Laurie, und ich verstehe dich gut. Ehrlich gesagt, ich weiß nicht, was sie für ihn empfindet. Ich denke, sie hat gemerkt, dass wir es nicht mehr hören konnten, dass sie sich ständig beklagt und wegen der Trennung geweint hat, also hat sie sich nicht wirklich getraut, mit mir darüber zu reden, aber es kann sehr gut sein, dass sie ihn noch liebt oder verletzt sein würde, wenn sie davon erfährt, dass ihr zusammen seid. Ich könnte sie jederzeit fragen, ob sie ihn noch liebt, um ihre Reaktion besser einschätzen zu können. Bis dahin sollte euch nichts davon abhalten, euch heimlich zu lieben – wie Romeo und Julia. LOL! Verbotene Liebe ist sooo romantisch! Ich verspreche dir, ich werde niemandem etwas verraten. Pfadfinderehrenwort!

Bis morgen!

Steph XOXO

An: Marilou33@mail.com
Von: Lea_love@mail.com
Datum: Montag, 13. November, 21:58
Betreff: Re: Soll ich?

Ja, du sollst! Total! Cool von Steph, dass sie für dich die Lage peilen und mit Laurie reden will, um herauszufinden, was sie für JP empfindet. Dann weißt du auch, ob du besser jetzt mit ihr redest, oder ob ihr euch für eine gewisse Zeit heimlich treffen solltet. Was den Rest angeht: Küss ihn einfach, dann hast du es hinter dir! LOL!

Lea XOX

An: Lea_love@mail.com
Von: Marilou33@mail.com
Datum: Donnerstag, 14. November, 16:45
Betreff: Mein dritter Kuss …

....

LOL! Vermutlich verrät dir der Titel meiner Mail schon, dass es gut gelaufen ist! ;) Gestern Abend hab ich JP angerufen und wir haben drei Stunden (!) miteinander telefoniert! Meine Mutter wollte mich umbringen! Sie hat gesagt, dass ich noch taub werden würde, wenn das so weitergeht. Sie muss vermutet haben, dass irgendwas los ist, weil ich kaum noch am Telefonieren bin, seit du nicht mehr da bist. Aber ich bin noch nicht dazu bereit, ihr davon zu erzählen. Es ist noch zu frisch … AAAHHHHHHH! Lea! Ich raste aus!!!

Wir haben über alles Mögliche geredet, die Unterhaltung lief wie von selbst! Es gab überhaupt keine peinlichen Pausen wie mit Cedric. Bestimmt liegt das daran, dass wir uns seit drei Jahren kennen! Am Ende hab ich ihm gesagt, dass ich auch gerne mit ihm zusammen wäre, aber dass ich es langsam angehen will, weil ich Laurie nicht verletzen möchte, und er war total verständnisvoll.

Heute Morgen hat Steph mich in eine Ecke gezogen und mir erzählt, dass sie mit Laurie geredet hat. Anscheinend ist sie nicht mehr wirklich in JP verliebt. Ich habe sie in der Mittagspause trotzdem dabei ertappt, wie sie ihn mit einem traurigen Blick angesehen hat, also ist es mir lieber, dass wir uns weiterhin erstmal im Geheimen treffen …

Nach der Schule hat mir JP einen Zettel zugesteckt, auf dem stand:

Triff mich im Treppenhaus, 2. Stock, in 10 min.

Ich bin hingegangen und wir haben eine ganze Stunde lang dort zusammengesessen und miteinander gelacht! Irgendwann mussten wir gehen, weil wir Angst hatten, in der Schule eingeschlossen zu werden! Aber kurz bevor wir los sind, hat er mich auf den Mundwinkel geküsst. Als ich die Augen wieder aufgemacht habe, hat er mich so intensiv angeschaut, dass ich ein Kribbeln im Bauch bekam. Ich wusste nicht, wie ich reagieren sollte (du weißt ja, ich hab kaum Erfahrung, was das angeht), und hatte Angst, dass ich Mundgeruch haben könnte, also habe ich ihm einen Kuss auf die Wange gegeben. Ich weiß, das klingt ein bisschen blöd, aber ich hab kein Problem damit, es langsam mit ihm angehen zu lassen. Ich weiß, dass er auf mich warten wird. Heute Abend kann ich nicht mit ihm sprechen, weil ich (noch) auf meinen kleinen Bruder aufpassen muss, aber jedes Mal, wenn ich an ihn denke, habe ich wieder das Kribbeln im Bauch. LOL! Jetzt kann ich besser verstehen, wovon du geredet hast, wenn du mir von deinen ersten Dates mit Thomas erzählt hast.

Ich hoffe, dass ich dir mit meinen Liebesgeschichten nicht auf die Nerven gehe. Ich weiß, dass es dir schwerfällt, Thomas zu vergessen, und dass es dir noch wehtut, wenn du an ihn denkst … und auch wenn JP sein Freund ist, denke ich trotzdem, dass du jemanden verdienst, der tausendmal besser ist als Thomas!

Ich kann es kaum erwarten, von dir zu hören! Du warst seit zwei Tagen nicht mehr online. Ich vermiss dich!

Lou XOX

An: Marilou33@mail.com
Von: Lea_love@mail.com
Datum: Donnerstag, 14. November, 18:50
Betreff: Juhuuuuuu!

Ich freu mich so sehr für dich! Mach dir keine Sorgen um mich ... Es tut noch weh, aber da ich seit der Trennung nichts von Thomas gehört hab, gewöhne ich mich mehr und mehr an die Sache und an seine Abwesenheit. Gestern kam Katherine nach der Schule vorbei, um Felix zu besuchen, und wir haben uns unterhalten. Irgendwie sind wir dann darauf gekommen, Thomas aus meinem Onlineleben zu entfernen!

Katherine: Und du hast gar nichts von Thomas gehört, seit es aus ist?

Ich: Nein ... Außer, wenn meine Freundin mir etwas erzählt hat, weil sie zur gleichen Schule geht wie er und mit seinem Freund zusammen ist.

Katherine: Auf jeden Fall finde ich, dass du echt stark bist, weil du der Verlockung widerstanden und ihm nicht geschrieben hast.

Ich: Die Wahrheit ist, dass ich ihn angefleht habe, zu mir zurückzukommen und er nichts davon wissen wollte. Tiefer kann ich wohl nicht mehr sinken. Ich schäme mich ein bisschen. Ich habe ihn seitdem ein- oder zweimal online gesehen, aber keiner von uns beiden hat sich getraut, den anderen anzuschreiben. Vielleicht hat er mich auch komplett vergessen.

Katherine: Regel Nummer 1: Du blockierst ihn, und zwar überall. Bist du mit ihm auf Facebook befreundet?

Ich: Ja, aber er hat seit einer Weile nichts mehr gepostet … Ja, okay, ich stalke ihn dort praktisch jeden Tag.

Katherine: Regel Nummer 2: Entfreunde dich!

Ich: Was?

Katherine: Du musst dich von ihm entfreunden!

Katherine hat mir also gezeigt, wie ich ihn aus meiner Freundesliste werfe und wie ich ihn bei Skype blockiere! Anschließend hat sie mir gratuliert und Felix kam rein. Ich hätte nie gedacht, dass ich das einmal sagen würde, aber es hat sich herausgestellt, dass sie wirklich superlieb ist. Ich finde sogar, dass mein Bruder und sie ein tolles Paar sind. Wer bitte hätte denn vor zwei Monaten gedacht, dass ich nicht mehr mit Thomas zusammen sein werde und dass du dich heimlich mit JP triffst und dass Katherine das total perfekte Glück für meinen Don-Juan-Bruder ist?

Heute Mittag habe ich das Treffen mit dem Zeitungsteam genutzt, um mit Eli zu reden, aber es ist nicht gerade super gelaufen …

Ich: Na, wie läuft es mit Marianne?

Er: Nicht schlecht … Ich weiß nicht. Es ist kompliziert.

Ich: Was ist kompliziert? (Abgesehen davon, mit einer Verrückten zusammen zu sein, die mich nicht leiden kann!)

Er: Mir ist klar geworden, dass sie besitzergreifender ist, als ich dachte. Und manchmal habe ich Angst, dass sie mehr für mich empfindet als ich für sie.

Ich: Das kann ich nicht beurteilen. Aber ihre besitzergreifende Seite hab ich live gesehen.

Er: Ich weiß. Sorry, Lea. Ich weiß nicht, was mit ihr los war. Irgendwie fährt sie diesen Film, dass wir heimlich ineinander verliebt sind, oder dass du versuchst, mich ihr wegzunehmen oder so.

Ich: Na ja, das ist auf jeden Fall nur ihr eigenes Kopfkino, also kannst du ihr sagen, dass sie sich abregen darf. Ich wollte dich sowieso bitten, mit ihr nicht über mich zu sprechen. Ich habe realisiert, dass sie Maud alle möglichen Details über mich erzählt, die sie jetzt gegen mich verwendet. Es ist wirklich anstrengend, immerzu gegen die Königin der Sec 3 und ihr Schoßhündchen zu kämpfen.

Er: Echt jetzt, Lea?!

Ich: Nimm sie in Schutz, wenn du willst, aber hör auf, mit ihr über mich zu reden. Das ist alles, worum ich dich bitte!

Er: Ich habe dir schon gesagt, dass ich mit ihr nicht über dich rede. Ich bin kein Arsch, Lea. Ich werde dein Vertrauen nicht missbrauchen.

Ich: Und woher weiß Maud, dass mein Ex Thomas heißt und dass er mich fallengelassen hat?

Er: Deshalb verdächtigst du mich? Muss ich dich daran erinnern, dass dein Text *der ganzen Schule* offenbart hat, wie er dein Herz gebrochen hat? Was den Namen deines Ex angeht, du selbst hast ihn so ziemlich allen Mädchen aus dieser Clique gesagt, und eine von ihnen muss ihn Maud gesteckt haben! Gerade du solltest wissen, dass diese Chicks all ihre Zeit mit Lästern verbringen, ganz im Gegensatz zu mir!

Ich: Oh … Mist … Ich komm mir vor wie ein Idiot. Daran habe ich überhaupt nicht gedacht.

Er: Und ich verstehe, dass du noch immer traurig bist und Marianne nicht leiden kannst, aber du solltest sie nicht verurteilen, bevor du sie kennst. Ich dachte, ich könnte dir vertrauen, weil wir Freunde sind, aber es dreht sich alles nur um DICH und DEINE Unsicherheit, Lea. Vielleicht habe ich mich in dir getäuscht. *Bis dann!*

Und das wars! Er ist weg, ohne dass ich noch irgendwas sagen konnte. Sein Vortrag hat mich zum Nachdenken gebracht und wahrscheinlich hat er recht. Ja, seine Freundin mag mich nicht und es ist nicht einfach für mich, die Neue zu sein, die gleich zwei beliebte Mädchen, die alle bewundern, gegen sich aufgebracht hat, aber ich will auch nicht diejenige sein, die jeden verurteilt und sich über alles nur beschwert. Ich kenne Eli erst seit drei Monaten, und ich will ihn nicht verlieren, bevor er mich ein bisschen besser kennenlernen kann. Was denkst du? Es ist wohl offensichtlich, dass ich nie die beste Freundin von Maud oder Marianne sein werde, aber ich kann trotzdem für Eli versuchen, irgendwie mit ihnen klarzukommen. Es ist hart, dass er denkt, er könnte mir nicht vertrauen (vor allem, wenn er mir seine Beziehungsprobleme anvertrauen will. LOL!).

Zum Glück ist bald Wochenende! Ich brauche echt eine Pause von diesem ganzen Drama in der Schule! Jane kommt am Samstagnachmittag vorbei, weil wir an unserer Präsentation arbeiten, aber ansonsten hab ich nichts vor. Ich hoffe, du hast ein bisschen Zeit, damit wir uns zumindest online unterhalten können!

Ich muss weg, das Abendessen ist fertig. Ich vermiss dich wie verrückt. :'(

Schreib mir ganz bald!

Lea XOX

An: Elisthere@mail.com
Von: Lea_love@mail.com
Datum: Samstag, 16. November, 10:12
Betreff: Sorry!

Hallo Eli!

Ich weiß, wir haben seit unserem Streit am Donnerstag nicht miteinander geredet, und das war kein Zufall – ich bin dir in der Schule so gut wie möglich aus dem Weg gegangen. Aber ich will nicht, dass du denkst, ich wäre böse auf dich, oder dass ich nichts mehr von dir wissen will. Die Wahrheit sieht so aus: Ich hab mich so sehr geschämt, dass ich nicht wusste, wie ich mich dir gegenüber verhalten sollte. Ich wollte mich bei dir entschuldigen. Und weil ich mich besser durch Schreiben ausdrücken kann als persönlich, wollte ich dir lieben mailen.

Ich habe viel darüber nachgedacht, was du zu mir gesagt hast. Und ich denke, du hast recht. Es steht mir nicht zu, über Marianne zu urteilen, ohne sie zu kennen, und genauso wenig steht es mir zu, dir ein schlechtes Gefühl zu geben, weil du mit ihr zusammen bist. Verzeih mir, dass ich an dir gezweifelt habe, das war wirklich dumm von mir. Wir kennen uns noch nicht so lange, aber ich fühle mich wirklich wohl, wenn du da bist, und ich will dich nicht als Freund verlieren. Ich bin für dich da und du kannst immer mit mir reden, wenn du mich brauchst. Ich verspreche, ich werde die Klappe halten und meine Kommentare für mich behalten.;) LOL! Ich hoffe, du kannst mir verzeihen.

Lea XOX

An: Lea_love@mail.com
Von: Elisthere@mail.com
Datum: Samstag, 16. November, 11:32
Betreff: Re: Sorry!

....

Huhu Lea!

Ich muss zugeben, ich habe mich wirklich darüber gefreut, deine Mail zu lesen. :) Vergib du mir, dass ich so heftig reagiert habe. Ich war schon frustriert wegen Marianne und ich denke, ich hab das ein bisschen an dir ausgelassen. LOL! Ich akzeptiere deine Entschuldigung und ich verspreche dir, dass ich total verschwiegen sein und niemandem deine Geheimnisse verraten werde. Die Wahrheit ist, dass Marianne mich schon mehrfach nach dir gefragt hat, aber ich denke, dass sie eifersüchtig ist, und weigere mich deshalb, ihr irgendetwas über dich zu erzählen. Ich kenne sie schon ewig und obwohl ich weiß, dass sie süß und wirklich lustig ist (manchmal erinnert sie mich sogar ein wenig an dich), ist mir auch bewusst, dass sie vielleicht ein bisschen gemein zu Mädchen ist, die sie nicht mag. Ich habe ihr schon gesagt, dass sie dich in Ruhe lassen soll, aber sie wirft mir vor, dass ich sie hintergehen würde, also halte ich lieber die Klappe. LOL! Also, wenn wir gute Freunde bleiben wollen, dann glaube ich, dass es das Beste wäre, mich aus dieser ganzen Sache rauszuhalten. Mach dir keine Gedanken wegen Marianne, ich habe ihr genau das Gleiche über unsere Beziehung erzählt, also denke ich, dass sie aufhören wird, mich nach dir auszufragen. ;)

Wenn du reden willst, kannst du mich jederzeit anrufen. Ich werde dieses Wochenende fast die ganze Zeit zu Hause sein. Ansonsten sehen wir uns am Montag – gleiche Zeit, gleicher Ort!

Eli

An: Lea_love@mail.com
Von: Marilou33@mail.com
Datum: Samstag, 16. November, 17:22
Betreff: Wolken ziehen auf …

Hallo!

Ich hab die Mail von Eli gelesen, die du mir weitergeleitet hast. Ich bin froh, dass ihr das klären konntet, weil ich glaube, dass du seine Freundschaft gerade wirklich brauchst.

Auch wenn ich oft darüber Witze mache, dass ihr das perfekte Paar abgeben würdet, sieht die Wahrheit ja so aus, dass du noch nicht bereit bist für eine neue Beziehung, solange du deinen Liebeskummer noch nicht besiegt hast. Und außerdem hat Eli schon eine Freundin (deine Feindin #3 – Maud und Sarah sehe ich als die schlimmeren Bedrohungen deines Zens!). Auf jeden Fall finde ich, er ist sehr erwachsen, dein Eli … Wirklich anders als du-weißt-schon-wer.

Ich hab ihn übrigens gestern Abend gesehen. JP und ich waren nach der Schule zusammen etwas essen, und Thomas und Seb kamen genau in dem Moment in den Laden, als JP mir gerade den Arm um die Schultern gelegt und sich an mich geschmiegt hatte. Es stört mich nicht, dass seine Freunde mitbekommen, dass wir zusammen sind, aber ich habe Angst, dass es irgendwann auch Laurie zu Ohren kommt. Sie schienen ziemlich überrascht, was beweist, dass wir in der Schule unser Spiel ziemlich überzeugend durchgezogen haben! LOL!

Sie haben sich zu uns gesetzt und als Seb und JP aufgestanden sind, um zu bezahlen, hat Thomas sich mit einem superernsten Blick zu mir umgedreht.

Thomas: Ich weiß, dass du mich nie leiden konntest, aber ich würde gerne wissen, wie es ihr geht. Ich habe seit unserer Trennung nichts mehr von ihr gehört.

Ich: Warum sollte sie sich bei dir melden? Du warst es, der ihr das Herz gebrochen hat, soweit ich weiß!

Thomas: BITTE, Marilou. Ich verstehe ja, dass du deine Freundin beschützen willst, aber ich bin kein Monster. Hast du dich nicht gefragt, warum Lea sich in mich verliebt hat? So schlimm kann ich gar nicht sein. Ich denke, dass du dir ein schlechtes Bild von mir zusammengebastelt hast. Vielleicht lohnt es sich, mich besser kennenzulernen, um deine Meinung über mich ein wenig zu ändern. Der Beweis ist doch, dass du dachtest, JP wäre ein Blödmann ohne Ziele, der sein Leben mit Kiffen verbringt, aber wenn man euch so zusammen sieht, scheinst du deine Meinung über ihn geändert zu haben!

Ich: JP ist superintelligent, er ist gut in der Schule, er hat aufgehört zu rauchen und viele Ambitionen.

Thomas: Ich meine doch nur, dass es schön wäre, wenn du mir eine kleine Chance gibst. Vor allem, wenn du mit einem meiner besten Freunde zusammen bist.

Ich: Ich kann dir nichts versprechen, aber ich werde es versuchen.

Thomas: Danke. Und kannst du mir sagen, wie es ihr geht? Ich weiß, dass es meine Schuld ist, aber ich wollte sie nicht noch mehr leiden lassen, indem ich mich bei ihr melde und sie ständig belästige. Ich musste jeden Kontakt abbrechen. Das war auch für mich wichtig. Aber ich vermisse sie und es ist, als ob mir das noch klarer geworden ist, seit wir Schluss gemacht haben.

Ich: (So langsam hatte ich ein bisschen Mitleid) Na gut. Okay. Es geht ihr besser. Sie beginnt tatsächlich damit, sich wieder zu sammeln und sich dort ein Leben aufzubauen. Eure Trennung muss ihr geholfen haben.

Daraufhin hat er mich komisch angesehen. Er schien wirklich bedrückt zu sein. Ich weiß, ich bin sonst immer sofort dabei, wenn es darum geht, ihn zu kritisieren, aber ich muss sagen, es schien ihm wirklich ernst zu sein. Er wollte gerade dazu ansetzen, mir noch etwas zu sagen, aber die Jungs kamen zurück zu unserem Tisch und haben uns unterbrochen. Danach bin ich nach Hause gegangen und hab mich seitdem hier verkrochen! Es schneit wie verrückt und ich hab absolut keine Lust rauszugehen! Außerdem ist JP übers Wochenende nach Quebec gefahren, also bin ich lieber allein zu Haus und träume von ihm! LOL!

Ich hoffe, du regst dich nicht zu sehr über das auf, was ich von Thomas erzählt hab. Ich muss ihm zugestehen, dass er ziemlich ausdauernd ist. Aber mein Mitleid hat Grenzen und ich glaube, dass das zu wenig ist und zu spät kommt! Er hätte einfach aufwachen und sein Glück erkennen müssen, bevor er dich verloren hat!

Bist du noch bei Jane? Ich bin den ganzen Abend zu Hause, wenn du reden willst!

Kuss,

Lou

Kapitel 8

Halt deine Pudelmütze fest![L]

An: Marilou33@mail.com
Von: Lea_love@mail.com
Datum: Sonntag, 17. November, 11:45
Betreff: Novembersonntag

Heute ist es grau draußen. Ich fang noch mal an: Im November ist es DIE GANZE ZEIT nur grau draußen! Es zieht mich soooo runter. Hier hat es noch nicht geschneit, aber ich würde diesem grauen Himmel und den kahlen Bäumen sogar einen riesigen Schneesturm vorziehen. Wie du siehst, sprühe ich geradezu vor Energie. ;) LOL!

Ich bin überhaupt nicht sauer auf dich wegen Thomas. Immerhin bist du mit seinem Freund zusammen, also ist es klar, dass du ihn jetzt häufiger sehen wirst. Ich muss zugeben, dass mich beeindruckt hat, was er gesagt hat. Denkst du, er liebt mich noch? Wie ist sein »ich vermisse sie« einzuordnen? Klingt es nach »ich vermisse sie so sehr, dass ich sie zurückwill« oder ist es eher ein »ich vermisse sie im Alltag«? Ich muss echt zugeben, dass die Versuchung jetzt noch größer ist, ihn anzurufen, aber Jane hat mir geraten, es nicht zu tun. Sie glaubt genau wie du, dass es selbstzerstörerisch wäre und dass ich riskieren würde, wieder enttäuscht zu werden. Eine Seite von mir (die noch ein bisschen Stolz übrig hat) sagt sich, dass wenn er zurückkommen wollte, er den ersten Schritt machen würde, oder?

Gestern habe ich bis 18 Uhr mit Jane gearbeitet, danach war ich mit meinen Eltern und Felix in einem Restaurant zu Abend essen und im Kino. Wir waren nicht besonders scharf darauf, aber sie haben darauf bestanden, etwas als

Familie zu unternehmen. Am Ende war es gar nicht so schlecht. Felix und ich haben den Film ausgesucht (eine echt lustige Komödie) und das Restaurant (Chinesisch! Mjam!), und wir hatten ziemlich Spaß zusammen. Nach dem Film sind wir ein bisschen durch die Innenstadt gelaufen. Es war ziemlich mild und meine Eltern wollten ein wenig bummeln, um »Ideen für Weihnachtsgeschenke zu sammeln«. Fazit: Ich war total k.o., als ich nach Hause kam, und quasi schon eingeschlafen, bevor ich richtig im Bett lag!

Was den Klatsch in meiner Schule angeht: Jane hat mir erzählt, dass Maud José angefleht hat, sie wieder zurückzunehmen, weil sie gespürt hat, dass sie ihn bald wirklich verlieren wird. Außerdem hat sie (Jane, nicht Maud) mich für nächsten Freitag zu einer Party bei Alex eingeladen. Ich fühle mich nicht so richtig wohl beim Gedanken daran, dort hinzugehen, weil ich mir vorstellen kann, dass Jane sich eher in der Nähe ihrer Freundinnen aufhalten und Eli bestimmt an Marianne kleben wird. Darum hab ich sie gefragt, ob ich zusammen mit Annie kommen kann. Sie hat gemeint, dass das bestimmt kein Problem sei, weil Annie auch eine Freundin von Eli sei. Ich habe also schließlich zugestimmt, dort vorbeizuschauen. (Ich muss echt raus aus meiner Lethargie.) Ich hoffe, dass Annie mitkommen will. Dann würde ich mir weniger wie eine Loserin vorkommen.

Ich geh jetzt wieder zu meinen Hausaufgaben und meiner Sonntagsdepression ... Ich bin da, wenn du mit mir reden willst!

Lea XOX

PS: Passend zu meinem Sonntagabend-Blues (Ja, das Wort gibt es wirklich! Ich hab das in einem von Elis Artikeln gelesen und noch mal gegoogelt!) ist ein riesiger Pickel auf meiner Nase aufgetaucht. Das wird nicht einfach, den morgen abzudecken!

An: Lea_love@mail.com
Von: Marilou33@mail.com
Datum: Montag, 18. November, 19:21
Betreff: Schnee, Schnee und noch mal Schnee

....

Wenn es so weitergeht wie jetzt, dann wird mein Haus bis Februar total unter Schnee begraben sein! JP ist gestern nach Hause gekommen und wir haben lange telefoniert. Ich hab ihm gesagt, dass ich Angst habe, dass Laurie alles herausfindet, aber er meinte, das wäre auch nicht das Ende der Welt. Mein Plan war, erstmal bis nach den Weihnachtsferien zu warten, bevor ich es ihr sage. Dann wären mehrere Monate vergangen seit ihrer Trennung und ich könnte vorgeben, dass wir uns während der Ferien näher gekommen wären. Gib zu, du bist beeindruckt von meiner Fantasie! Das Problem ist, dass ich mich heute Morgen vielleicht ein bisschen selbst enttarnt haben könnte.

Vor der ersten Stunde ist JP bei den Schließfächern an mir vorbeigegangen und hat mich dabei ganz leicht an der Hand gestreichelt. Wir haben uns verschwörerisch zugelächelt. Ich drehe mich um und da steht Laurie vor mir.

Laurie: Warum habt ihr euch gerade so angesehen?

Ich: Äh ... Ich ... Ich habe ihm meine Englischnotizen ausgeliehen und er wollte sich nur dafür bedanken.

Laurie: Ah. Okay. Aber verlass dich auf keinen Fall darauf, dass er das Gleiche für dich tun wird. Er denkt nur an sich.

Ich: Findest du? Ich finde ihn ganz nett.

Laurie: Ernsthaft? Hast du vergessen, wie er mit mir Schluss gemacht hat? Er hat mir einen *Brief* geschrieben, Marilou. Er hatte noch nicht mal den Mut, es mir ins Gesicht zu sagen! Er wollte mich einfach nur so schnell wie möglich loswerden!

Ich: Ja, aber es ist gleichzeitig so, dass ihr nicht gerade lange zusammen wart ...

Laurie: Das ändert ja wohl nichts an der ganzen Sache, oder? Ich habe ihn geliebt! Und seit wann verteidigst du ihn überhaupt? Normalerweise bist du die Erste, die behauptet, JP, Seb und Thomas wären alle Idioten!

Ich: Ja ... Ich weiß ... Ich versuche einfach gerade, Leute nicht zu schnell zu verurteilen. Es ist sowas wie mein guter Vorsatz für den November. Liebst du ihn denn noch?

Laurie: Nicht nach dem, was er mir angetan hat! Aber ich bin auch noch nicht wirklich über ihn hinweg. Ich kann es kaum erwarten, dass er endlich aus meinem Kopf verschwindet.

Ich: Ja ... Das versteh ich ... Das wird er, ganz bestimmt.

Danach fühlte ich mich so schlecht, dass ich so getan hab, als müsste ich dringend aufs Klo, um abzuhauen und mich dort einzuschließen. Meine Beziehung mit JP wird also wohl noch eine Weile geheim bleiben müssen, glaube ich.

Ich hoffe inständig, dass sie es verstehen wird und danach trotzdem noch mit mir befreundet sein will. Ich denke, ich werde auf *Manus Blog* schreiben und ihn um Rat fragen.

Ich hoffe, dass dein Pickel nicht explodiert! Das letzte Mal, als du versucht hast, das selbst in die Hand zu nehmen, hast du so fest gedrückt, dass es geblutet hat und du für drei Wochen mit einer offenen Wunde rumgelaufen bist!

So, Hausaufgabenzeit. Ich bin gerade erst vom Schwimmtraining zurückgekommen und hab noch nicht mal damit angefangen.

Ich vermisse dich und kann es gar nicht erwarten, dich wiederzusehen! Kommst du an Weihnachten?

Lou XOX

PS: Geh zur Party! Ich weiß, die Chicks und alle coolen Leute werden dort sein. Aber das Gleiche gilt für den heißen Alex, der bestimmt weiß, wie er dich ablenken kann …

PPS: Ich weiß nicht, was Thomas genau gemeint hat. Ich glaube, dass er einfach deine Anwesenheit vermisst. Vermutlich ist das ein bisschen normal, wenn man sechs Monate mit jemandem zusammen war. :) Ich stimme Jane absolut zu: Wenn er dich so vermisst, dann ist es an ihm, dir das zu sagen! Aber sollte er das wirklich tun, dann komm auf keinen Fall wieder mit ihm zusammen. ;)

An: Marilou33@mail.com
Von: Lea_love@mail.com
Datum: Mittwoch, 20. November, 17:07
Betreff: Du wirst sowas von AUSRASTEN!

Ich hab eine gute und eine schlechte Nachricht. Die schlechte zuerst: Ich habe entschieden, die Ferien in Montreal zu verbringen. Ich weiß, das ist echt blöd, weil wir uns deshalb im Dezember nicht sehen werden, aber meine Eltern wollen für die Woche um Weihnachten ein Chalet in Mont Tremblant mieten und ich könnte dort Skifahren! Felix hat mir sogar versprochen, dass er mir Snowboardfahren beibringt! Offenbar hat ihm die Liebe dermaßen den Kopf verdreht, dass er plötzlich nett geworden ist! LOL! Es bleibt also kaum Zeit vor Weihnachten oder bis Neujahr übrig, um dich besuchen zu können. :(

Außerdem hab ich gestern mit meiner Mutter geredet und sie meinte, dass es vielleicht besser wäre, wenn ich Thomas nicht so schnell wieder sehe, weil ich sonst riskieren würde, mich noch schlechter zu fühlen. Ich weiß, ich bin nicht gerade der rationale Typ, aber ich spüre, ich würde einknicken, wenn ich ihn sähe. Weil ich damit unsere Pläne vermassele, verspreche ich dir hoch und heilig, dass ich dafür in den Frühlingsferien für ein paar Tage zu dir kommen werde!

Nun zu der guten Nachricht. Du wirst dich bestimmt schon wundern, warum ich auf einmal meine Mutter um Rat gebeten habe und vor allem, warum ich diesem dann auch noch gefolgt bin. Hier ist die Antwort: Sie hat es tatsächlich geschafft, ZWEI Tickets für JUSTIN BIEBER aufzutreiben!!! Sie hat es mir gestern Abend verkündet! Jetzt verstehst du bestimmt, dass ich ihr kaum irgendwas abschlagen kann, egal, was es ist! LOL! Das ist soooo cool! Außerdem wirst du wieder in Montreal sein und das ganze Wochenende mit mir verbringen können. :) Annie geht auch dorthin, zusammen mit ihrer Schwester, du wirst sie also auch endlich mal treffen! Also: Markier dir Samstag, den 18. Januar, im Kalender, weil du ihn mit deinen beiden Lieblingsmenschen verbringen wirst: Justin und mir! LOL! Pech für JP! Er ist ja ganz hübsch mit seinen blauen Augen – aber an unseren Bieb wird er niemals rankommen!

Was den Rest angeht: Ich habe es geschafft, Annie zu überreden, mit mir zur Party zu gehen. Allerdings unter der Bedingung, dass wir zusammen einen Artikel für die Dezemberausgabe schreiben. Wir werden sowas wie Interviews mit fünf Schülern aus der Sec 5 machen, um zu erfahren, was sie fürs Cegep vorhaben. Und da Felix gerade der absolute Held der Schule ist, wird er als unser erstes Testobjekt fungieren! LOL!

Ich hab absolut keine Ahnung, was ich zur Party anziehen soll. Was würdest du mir empfehlen? Relaxt mit Jeans und T-Shirt oder gewagt mit Rock? Bis jetzt versuche ich meistens, mich am Style in der Schule zu orientieren, aber der ist so heterogen (noch ein Wort, das ich von Eli gelernt hab), dass ich echt Probleme damit habe, mich den anderen anzupassen. Die Chicks zum Beispiel sind meistens vor allem »teuer« angezogen, meine Freunde von der Zeitung eher ein bisschen hippiemäßig. Nicht zu vergessen die Grunge-Leute, die Emos und die Hipster! Ich sehe mich irgendwo in der Mitte von allem und manchmal kommt es mir auch so vor, als ob ich einfach gar keinen eigenen Style hätte. :(Wenn ich shoppen gehe, dann sind es immer bunte oder »wilde« Sachen, die mir wirklich gut gefallen, aber ich traue mich irgendwie nie, sie zu kaufen (geschweige denn zu tragen), weil ich Angst habe, dass die Leute (aka die Chicks) sich über mich lustig machen. Lange Rede, kurzer Sinn: Ich brauch dich unbedingt als Fashionberaterin!

Was Laurie angeht, ich glaube, deine Idee ist wirklich schlau, aber du musst sicher sein, dass sie euch bis zu den Feiertagen nicht überrascht. Auch wenn sie verletzt sein wird, glaube ich, dass es besser ist, wenn sie es von dir persönlich erfährt, statt zu denken, dass du sie hintergangen hättest. Zumindest erinnere ich mich noch gut daran, wie betrogen ich mich wegen dieser ganzen Sache mit Sarah Bernard gefühlt habe, weil ich es nicht von Thomas selbst gehört hatte.

Meinem Pickel geht's gut. Ich hab ein wenig Salbe draufgeschmiert, um ihn auszutrocknen (genau wie du es mir letztes Mal gezeigt hast) und ich spüre schon, dass seine letzten Stunden auf meiner Nase gekommen sind!

Ich bin schon gespannt auf deine nächste Mail! I ♥ ♥ ♥ ♥JUSTIN BIEBER!!!!!
Juhu!!!

Lea XOX

An: Lea_love@mail.com
Von: Marilou33@mail.com
Datum: Donnerstag, 21. November, 11:50
Betreff: Re: Du wirst sowas von AUSRASTEN!

....

Ich hab gerade deine Mail gelesen und MUSSTE dir unbedingt schreiben, bevor ich zum Schwimmtraining gehe: DEINE MUTTER IST DIE BESTE DER WELT! LOL! Wir werden Justin Bieber sehen! Vielleicht werden wir ihn sogar berühren können?! *OMG!* Warte nur, wenn ich das Steph erzähle, sie wird sowas von neidisch sein! Das mit Weihnachten verstehe ich, auch wenn ich traurig bin, dass ich dann zwei lange Monate warten muss, bis wir uns wiedersehen. :'(

Deine Mutter hat absolut recht: Es ist besser, Thomas nicht wiederzusehen. Seitdem wir uns unterhalten haben, schaut er mich nur noch mit diesem mitleiderregenden Blick an. Ich grüße ihn jetzt auf dem Flur, aber ich hab keine Ahnung, was er sonst noch erwartet. Laut JP ist Thomas seit eurer Trennung total verloren. Er muss bald wichtige Entscheidungen für die Zukunft treffen und ist deshalb in einer Existenzkrise oder sowas in der Art. Ich verstehe, dass er durcheinander ist und dich vermisst, aber er kann doch nicht ernsthaft von mir erwarten, dass ich seine Vertraute werde! Pfff! Männer!

Du solltest für die Party ein Outfit aussuchen, worin du dich wohl und gleichzeitig hübsch fühlst. Nimm einen Look, der sagt: »Ich merke noch nicht mal, wie bezaubernd ich bin!« Was ist denn mit deinen Skinny-Jeans, die du bei unserer Shoppingtour gekauft hast, zusammen mit deinem langen roten Top? Wenn es warm genug ist, würde ich dazu flache Ballerinas anziehen, die würden das Outfit perfekt abrunden!

So, ich muss jetzt gehen, bevor das ganze Team noch sauer auf mich wird! Wir kontakten später!

Lou XOX

Freitag, 22. November

18:58

Lea (online): Marilou! HILFE! Es fängt gerade an zu schneien und alles ist voller Schneematsch draußen!
Ich kann keine Ballerinas anziehen und treff mich in 30 min mit Annie. WAS JETZT???

19:00

Marilou (online): Keine Panik! Zieh deine schwarzen Kunstlederstiefel an. Die mit dem kleinen Absatz. Die machen dich außerdem ein bisschen größer. ;)

19:02

Lea (online): Aha! Sag mir doch einfach, dass ich ein Zwerg bin! LOL! Ja, keine schlechte Idee.
Ich hoffe nur, dass sie weit genug für die Skinny-Jeans sind und meine Beine nicht zu klumpig aussehen!

19:05

Marilou (online): Probier es aus.
Ich muss auch bald weg.
JP hat mich zum Filmschauen zu sich eingeladen.
Er war sogar einverstanden, den neuen Film

mit Alex Pettyfer zu schauen, weil er weiß, dass ich total auf ihn stehe. Und ich habe beschlossen, dass wir uns heute Abend richtig küssen werden, mit Zunge! Das einzige Problem an der Sache ist, dass mich Laurie vorhin angerufen und gefragt hat, ob ich den Abend bei ihr zu Hause verbringen will, und ich mir eine Ausrede einfallen lassen musste. So langsam fühle ich mich wirklich schlecht dabei, das hinter ihrem Rücken zu tun ...

19:06

Lea (online): O.K.! Das geht mit den Stiefeln. Und sie lassen mich ein bisschen älter aussehen. :) Denkst du darüber nach, ob du es ihr erzählen solltest?

19:08

Marilou (online): Ich glaube nicht. Es macht mir Angst! Ich werde heute Abend mit JP darüber reden, aber ich weiß schon, dass er sagen wird: »Na ja, sie wird darüber hinwegkommen müssen!« Also liegt es an mir, das zu entscheiden. Ich denke, das ist bestimmt das Beste. Ich hoffe nur, dass ich mich bis zu den Ferien zusammenreißen kann. Bist du geschminkt?

Lea (online): Nur ganz wenig. Immerhin soll ich ja
»gar nicht merken, wie bezaubernd ich bin«.
Top, dein Konzept! Felix wird mich zu Annie fahren
und dann gehen wir zusammen zur Party. Felix kommt nicht mit.
Er macht was mit seinen Freunden aus der Sec 5,
aber Katherine wird bei Alex sein. Ich kann also zumindest
auf eine weitere Verbündete gegen die Chicks zählen.

Marilou (online): Sind dein Bruder und
Katherine noch immer auf Wolke 7?

Lea (online): Ich weiß nicht. Ich war der Meinung,
es läuft ziemlich gut mit den beiden, aber Katherine hat mir erzählt,
dass sie sich manchmal ein bisschen jung und fehl am Platz vorkommt,
wenn sie mit meinem Bruder und seinen Freunden zusammen ist.
Sie will ihm wirklich gefallen und auf keinen Fall unreif wirken.
Ich will Felix nicht auf seine Gefühle ansprechen (er würde sowieso
nur einsilbig antworten), aber ich habe Katherine geraten,
sie selbst zu sein und sich zu entspannen.
Mein Bruder weiß sehr gut, dass sie jünger ist als er,
also wird er schon damit umgehen können.

19:14

Marilou (online): Sehr erwachsener Ratschlag.
Manu hat einen guten Einfluss auf dich!

19:15

Lea (online): Absolut nicht!
Er hat keine meiner Fragen beantwortet.
Das kommt alles von mir. LOL!
Ich glaube eher, dass es meine Beziehung mit Thomas war
(oder besser gesagt das Ende davon), was mich gelehrt hat,
dass es immer am besten ist, man selbst zu bleiben.
Für ihn habe ich versucht, mich zu ändern, und wir wissen ja,
wohin das geführt hat.

19:15

Marilou (online): Denkst du, du bist geheilt?

19:17

Lea (online): Ich weiß, dass ich einknicken werde,
wenn ich ihn sehe, weil ein Teil von mir ihn noch immer liebt.
Aber wenn ich weit weg von ihm bin, fällt es mir leichter,
mich auf das Negative aus unserer Beziehung zu konzentrieren.
Ich denke, dass ich gerade dabei bin, endlich wieder nach vorne zu
schauen!

19:18

Marilou (online): Juhu! Das solltest du sofort feiern!
Ich bin sicher, dass Alex absolut bezaubert von dir sein wird. :)
Ich muss weg. Viel Spaß heute Abend!

19:18

Lea (online): Du auch, meine Süße.
Ich wünsch dir einen romantischen Abend mit JP.
♥ XOX

19:19

Marilou (online): Danke! ;) XOX

An: Marilou33@mail.com
Von: Lea_love@mail.com
Datum: Samstag, 23. November, 11:27
Betreff: Ein turbulenter Abend

Hallo Lou!

Na, wie war dein Abend? So romantisch, wie du ihn dir gewünscht hast? Hast du JP überhaupt küssen können, während du den schönen Alex Pettyfer angeschmachtet hast? Habt ihr entschieden, was ihr in Sachen Laurie unternehmen wollt? Du weißt ja, wie ich darüber denke, aber ich verstehe auch, dass das nicht so einfach ist. Ich hätte an deiner Stelle auch Angst, aber wenn du es hinter dir hast, wirst du total erleichtert sein!

Mein Abend war sehr abwechslungsreich und insgesamt ziemlich heftig. Halt deine Pudelmütze fest – du wirst nämlich total ausrasten! Alex hat mir direkt ein Kompliment gemacht, als ich bei ihm zur Tür reinkam (genau wie du gesagt hast!). Wir haben es uns bei ihm im Keller gemütlich gemacht. Da sein Cousin DJ ist, hatte er eine echt coole Playlist vorbereitet. Ich hab mich mit Annie auf eine Couch gesetzt, und Jane kam bald zu uns rüber. Maud und José waren in einer anderen Ecke beschäftigt, sie haben wild miteinander rumgeknutscht. Offenbar läuft es wieder besser bei unserem königlichen Paar.

Eli ist nach Marianne angekommen (die mich nicht gegrüßt hat) und zu meiner großen Überraschung hat er sich zu uns gesetzt. Ich habe gesehen, dass Marianne die ganze

Zeit versucht hat, Blickkontakt mit ihm herzustellen, aber er schien es gar nicht wahrzunehmen. Nach einer Weile kam sie rüber und sie haben sich in eine Ecke verzogen, um miteinander zu reden. Sie hat sich an ihn gelehnt und im ins Ohr geflüstert, aber er schien irgendwie abwesend.

Irgendjemand hat die Musik aufgedreht und wir haben eine Weile getanzt. Einer von Alex' Freunden hat eine völlig abgedrehte Showtanznummer eingelegt und wir haben uns kaum eingekriegt vor Lachen. Ich weiß nicht, ob ich es mir nur eingebildet hab, aber ich glaubte, in Janes Augen ein Funkeln zu sehen. Ich denke, Miss Single hat tatsächlich Interesse an einem Typen!

Anschließend lief ein langsamer Song und Alex hat mich zum Tanzen aufgefordert. Ich habe über seine Schulter Eli und Marianne zusammen tanzen gesehen. Sie hat sich total eng an ihn geschmiegt und hatte ihre Augen geschlossen, aber er schien sich nicht wohlzufühlen. Unsere Blicke haben sich gekreuzt und ich habe gespürt, dass er reden wollte. Ich hab mir das innerlich für später notiert.

Nach dem Tanzen hat Alex gefragt, ob ich mit ihm nach oben gehen wollte, um in der Küche ein paar Chips zu besorgen. Dort war kein Licht an, und ich bin über seine Füße gestolpert (ich Trottel) und ihm praktisch in die Arme gefallen. Er roch noch immer wie Herbstlaub. Ich hab mich dem Moment überlassen und wir haben uns direkt geküsst. Zuerst war es süß und schön, aber kurz darauf fühlte es sich nicht mehr richtig an und ich habe ihn sanft weggedrückt.

Er: Was ist? Gefällt es dir nicht?

Ich: Doch! Das ist es nicht. Es ist nur so, dass ich noch an meinen Ex denke und es mir schräg vorkommt, jemand anderen zu küssen.

Er (während er wieder näher kam): Wir können es langsam angehen.

Ich: Ja. Wenn das für dich okay ist? Ich brauche ein wenig Zeit.

Er: Kein Problem.

Er hat mich sanft auf die Stirn geküsst und das Licht angemacht. Wir haben uns die Chips geholt und sind wieder in den Keller zurück, als wäre nichts geschehen. Ich konnte mit keinem auf der Party darüber reden, weil das wirklich auffällig gewesen wäre, aber ich muss zugeben, dass ich Schwierigkeiten hatte, an irgendetwas anderes zu denken. Es hat mir *wirklich* gefallen, ihn zu küssen, und auch wenn es mir ein bisschen besser geht und es mir nicht mehr die ganze Zeit weh tut, dass Thomas nicht mehr Teil meines Lebens ist, weiß ich noch immer nicht wirklich, was ich will.

Ich hab diesen verwirrten Moment genutzt, um zu Eli zu gehen, der ganz allein auf den Treppenstufen saß. Marianne tanzte mit Maud, Lydia und Katherine.

Ich: Wie geht's?

Er: Geht.

Ich: Was ist los?

Er: Ich weiß nicht ... Ich schätze, ich bin durcheinander.

Ich: Durcheinander in Bezug auf Marianne?

Er: Ja ... Kannst du dir vorstellen, wie es ist, mit jemandem zusammen zu sein, dich aber nicht wohl mit ihm zu fühlen?

Ich: Absolut! Geht es dir gerade so mit ihr?

Er: Manchmal. Irgendwie habe ich Freundschaft und Liebe vermischt. Ich denke nicht, dass ich sie auf diese Weise mag, und manchmal fühlt es sich an, als ob sie mich ersticken würde. Und es gibt da noch was …

Ich: Was denn?

Er: Nichts.

Ich: He, du kannst nicht einfach einen Satz anfangen, und ihn dann nicht beenden. Außerdem haben wir uns versprochen, echte Freunde zu sein und uns alles zu sagen.

Er: Ja, aber das Problem ist, dass du die einzige Person bist, mit der ich NICHT darüber sprechen kann.

Ich: Was stimmt denn nicht mit mir? Hab ich irgendwas zwischen den Zähnen? Hab ich Mundgeruch? Haben die Freundinnen deiner Freundin über mich gelästert?

Er (lachend): Natürlich nicht! Sowas ist es nicht. Es ist nur manchmal so, dass ich meine Beziehung mit Marianne mit meiner Beziehung zu dir vergleiche und realisiere, dass es mit dir so viel einfacher ist. Mir dir bin ich auch viel mehr ich selbst.

Ich: Das ist normal! Wir sind Freunde und Marianne ist deine Freundin. Aber ich gebe dir recht, sie wirkt ein bisschen aufgesetzt.

Er: Ja, aber mit dir ist alles so viel unkomplizierter.

Ich: Was willst du mir damit sagen?

Er: Dass ich verwirrt bin.

Ich: Zwischen ihr und mir?

Er: Vielleicht …

Ich: … Ich weiß gerade nicht, was ich sagen soll. Weißt du, für mich ist es auch sehr kompliziert. Ich bin gerade erst dabei, mich von meinem Liebeskummer zu erholen, und ich will wirklich nicht unsere Freundschaft verlieren ...

Er: Ich weiß. Das geht mir genauso.

Ich: Und was Marianne angeht, da bist du der Einzige, der deine Fragen beantworten kann. Wenn du sie nicht mehr liebst, dann solltest du vielleicht besser mit ihr Schluss machen.

Er: Vielleicht. Ich werde mir den Rest des Wochenendes Zeit nehmen, um darüber nachzudenken.

In dem Moment hat sich Marianne mit verschränkten Armen vor uns gestellt.

Marianne: Kommst du, Eli? Ich habe keine Lust mehr auf die Party und würde lieber mit dir allein sein. (Bei alldem hat sie mich keines Blickes gewürdigt.)

Eli: Ja, okay. Tschüss, Lea. Ruf mich an, ja?

Ich: ... Ähm ...

Das war alles, was ich antworten konnte. »Ähm ...« Nach meinem Knutschfehlschlag mit Alex und dem halben Liebesgeständnis von Eli (?), war ich absolut nicht mehr in Partystimmung. Ich habe meine Mutter angerufen, damit sie mich abholen kommt, und mich schnell von allen (außer Maud) verabschiedet. Alex hat die Gelegenheit genutzt, um mir leicht seine Hand um den Nacken zu legen, bevor ich gegangen bin, wie um mich daran zu erinnern, dass ich mir unseren Moment in der Küche nicht eingebildet habe. Nicht dass das nötig gewesen wäre – ich konnte ja ohnehin den ganzen Abend an kaum etwas anderes mehr denken!

Lou, ich bin so durcheinander! Alex ist so hübsch und ich

weiß, dass ich mit ihm bestimmt viel Spaß haben könnte und mit ihm alles unkompliziert wäre, aber wenn ich an ihn denke, habe ich einfach keine Schmetterlinge im Bauch. Glaubst du, ich könnte ihn trotzdem lieben, auch wenn er mich nicht verrückt macht?

Mit Eli ist alles ganz anders. Wir verstehen uns blind und es ist, als ob wir uns schon ewig kennen würden! Aber ich will wirklich nicht verlieren, was wir uns in so kurzer Zeit aufgebaut haben. Ich weiß nicht, ob ich will, dass sich an unserer Beziehung etwas ändert.

Ganz abgesehen davon, dass ich mich ein bisschen leer fühle. Es ist, als ob Thomas mir einen Teil meiner Gefühle entrissen hätte. Ich weiß nicht, ob ich jetzt wirklich schon bereit bin, jemand neuen zu lieben. Liebe ich Thomas noch? Ich denke schon (ich weiß es).

So, jetzt bist du auf dem neuesten Stand, was mein Leben angeht. Mein echt kompliziertes Leben.»Das total verrückte Leben der Lea Olivier«. Netter Buchtitel ☺ LOL!

Schreib mir ganz schnell!

Lea XOX

MANUS BLOG

Füge einen Titel hinzu: Wen soll ich wählen?

Beschreibe dein Problem: Hallo Manu! Ich weiß, ich sollte mich über sowas lieber nicht beschweren, aber zwei total unterschiedliche Jungs sind in mich verliebt und ich weiß absolut nicht, für welchen ich mich entscheiden soll.

Einer ist mein bester Freund in Montreal. Er ist lustig, ernsthaft, arbeitet hart und er ist loyal. Er hat großen Anteil daran, dass ich hier Anschluss finden konnte, also will ich unsere Freundschaft nicht für eine Beziehung aufs Spiel setzen, die vielleicht nicht hält, vor allem, weil ich nicht weiß, ob ich mehr für ihn empfinde.

Der andere sieht wirklich gut aus, ist beliebt und unkompliziert. Wenn ich mit ihm zusammen bin, kann ich meine Sorgen über Bord werfen. Und er küsst verdammt gut! Mein Problem ist, dass es dabei nicht so kribbelt wie bei Thomas, meinem Ex.

Hält mich Thomas unbewusst davon ab, mich neu zu verlieben? Bin ich so verwirrt, weil ich Thomas noch immer liebe? Soll ich es einfach drauf ankommen lassen und es mit einem von ihnen versuchen? Wenn ja, mit welchem?

Ich hoffe, du kannst mir antworten.

Lea XOX

Manu beantwortet jede Woche zwei Fragen.
Vielleicht ist ja beim nächsten Mal deine dabei …

An: Lea_love@mail.com
Von: Thomasrapa@mail.com
Datum: Sonntag, 24. November, 21:47
Betreff: Du fehlst mir

Hallo Lea!

Wahrscheinlich bist du überrascht von meiner Mail. Immerhin haben wir nicht mehr miteinander gesprochen, seitdem wir uns getrennt haben … Ich wollte dich viele Male anrufen oder dir schreiben, aber ich wollte für dich nicht alles noch schlimmer machen. Ich wollte mir auch selbst Zeit lassen, um wieder neu anzufangen – aber das hat einfach nicht funktioniert. Na ja, es war mir wichtig, dass du weißt, dass ich dich vermisse. Sehr. Wie verrückt.

Thomas

FORTSETZUNG
FOLGT …

Mini-glossar

In der Provinz Quebec funktioniert das Schulsystem so: Wenn wir 5 Jahre alt sind, gehen wir zunächst in die **Primaire**, die Grundschule. Sie dauert 6 Jahre. Danach folgen 5 Jahre weiterführende Schule (**Secondaire**, kurz **Sec**). Dort beginnen wir mit der Zählung der Klassenstufen wieder bei 1. Unsere Sec 1 entspricht also auf dem Papier der 7. Klasse in Deutschland, nur dass wir hier noch nicht so alt sind. ☺

In Kanada finden regelmäßig **Wissensturniere** unter den Schulen des Landes statt, wobei jeweils eine ausgewählte Schülergruppe die *Secondaire* der Schule und später der Stadt vertritt.

Wenn wir unseren Abschluss geschafft haben, können wir weitermachen mit zwei Jahren **Cegep** (auch *Cégep*). Das steht für »*Collège d'enseignement général et professionnel*« und ist eine Art erweiterte Oberstufe. Mit dem erfolgreichen *Diplom d'études collégiales* (DEC) dürfen wir dann zur Uni, wenn wir das wollen.

Thanksgiving ist ein Erntedankfest und ein wichtiger Feiertag in Amerika. In Kanada feiern wir es am zweiten Montag im Oktober, in den USA hingegen findet es am dritten Donnerstag im November statt.

»**Halt deine Pudelmütze fest!**« (frz. *Attache ta tuque!*) sagen wir im französischsprachigen Kanada, bevor wir etwas geradezu Unglaubliches enthüllen – in Deutschland wird die Pudelmütze eher durch eine andere Kopfbedeckung (den Hut) ersetzt, oder ganz weggelassen: »Halt dich fest!«

Montreal hat eine Art Untergrundstadt. Sie besteht aus mehr als 30 km Tunnel und Unterführungen, die unter der Stadt verlaufen. Sie gilt als größter unterirdischer Komplex der Welt. Tunnel und unterirdische Ladengalerien verbinden zahlreiche Bürotürme, Wohnanlagen, Einkaufszentren, Universitäten und Hotels und die **Metro** (so heißt hier die U-Bahn) miteinander. Außerdem gibt es dort viele Restaurants und Geschäfte. Die Untergrundstadt ist besonders im Winter sehr nützlich, weil die Montrealer hier der Kälte entfliehen und trotzdem draußen unterwegs sein können!

Montreal liegt auf der gleichnamigen Insel, die vom St.-Lorenz-Strom umflossen wird. Die Grenze zur USA ist nicht weit entfernt. Die Stadt ist das kulturelle und wirtschaftliche Zentrum der Provinz Quebec. Montreal hat mehr als zwei Millionen Einwohner und gilt nach Paris als die zweitgrößte französischsprachige Stadt der Welt.

Kanada ist flächenmäßig nach Russland das zweitgrößte Land der Welt.

Die beiden Amtssprachen Kanadas sind Englisch und Französisch. Sie werden als Muttersprachen von 59 Prozent beziehungsweise 23 Prozent der Bevölkerung gesprochen. Von allen zehn Provinzen wird nur in Quebec überwiegend Französisch gesprochen.